Wach ich oder schlaf ich

Das Buch

Leser und Literaturkritiker überboten sich in ihrem Enthusiasmus, als 1946 der Roman *Wach ich oder schlaf ich* der unbekannten Autorin Isabel Bolton erschien. Man verglich sie mit Henry James und Virginia Woolf und erkannte »eine Stimme, die auf ganz eigene Art und Weise das Lyrische mit dem Sachlichen verbindet und eine wunderbare Vollkommenheit des Tons aufweist; jede Silbe an ihrem Platz«.
New York 1939, der Krieg ist in greifbarer Nähe, während die Hauptfigur, die bezaubernde Bridget St. Denis, im französischen Salon auf der Weltausstellung diniert. Mit ihr am Tisch sitzt der Bestsellerautor Percy Jones, der einen Martini nach dem anderen kippt, und Millicent, »Verfasserin geistreicher Artikel und Drehbuchautorin, von Hollywood geliebt«. Aus dem allgemeinen Geplauder, mit dem Bridget alle um den Finger wickelt, wird plötzlich Ernst, als sie erzählt, daß sie ihr halbjüdisches Kind vor den Fängen der Nazis aus Wien retten will. In nur vierundzwanzig Stunden kreuzen sich die Lebenswege dieser drei Personen: Sie speisen und diskutieren, sie besuchen Parties, auf denen sich die augenblicklichen Berühmtheiten herumtreiben, und sie gehen wieder auseinander, denn Bridget hat längst einen Weg gefunden, den nur sie beschreiten kann, um ihr Kind zu retten.

Die Autorin

Unter dem Pseudonym Isabel Bolton veröffentlichte Mary Britton Miller, geboren 1883, gestorben 1975 in New York, in den Jahren von 1946 bis 1952 drei Romane, die ihren Ruhm begründeten. Sie kam aus gutbürgerlichem Haus, verlor in frühen Jahren Eltern und ihre Zwillingsschwester und veröffentlichte eine Reihe von Büchern und Gedichtsammlungen für Kinder. Fast ihr ganzes Leben verbrachte sie in und um New York.

Isabel Bolton

Wach ich oder schlaf ich

Roman

Aus dem Amerikanischen
von Hannah Harders

List Taschenbuch

List Taschenbücher erscheinen im
Ullstein Taschenbuchverlag, einem Unternehmen der
Econ Ullstein List Verlag GmbH & Co. KG, München
1. Auflage 2001
© 1999 für die deutsche Ausgabe by Schöffling & Co.
Verlagsbuchhandlung GmbH, Frankfurt am Main
© 1997, 1952 by James Miller for the Estate of Mary Britton Miller
Titel der amerikanischen Originalausgabe: Do I wake or sleep
Übersetzung: Hannah Harders
Umschlagkonzept: HildenDesign, München – Stefan Hilden
Umschlaggestaltung: Christof Berndt & Simone Fischer, Berlin
Titelabbildung: Hulton Getty Images / Kurt Hutton
Druck und Bindearbeiten: Clausen & Bosse, Leck
Printed in Germany
ISBN 3-548-60046-8

Wach ich oder schlaf ich

EINS

Während Millicent Bridget beobachtete, hatte sie gleichzeitig ihre ganze Umgebung im Blick. Es lag, fand sie, ein Zauber, eine Verzauberung in der Luft – diese myriadenfachen Lichter des Regenbogens, jetzt weich und sanft, jetzt voller, kräftiger – all diese Pausen und Akkorde und Farben, wie ein improvisiertes Orgelspiel, über dem Mond, den Wolken, dem Gras. Die Brunnen mit ihrem springenden Strahl und den zerstäubenden Pyramiden, die Märchenpaläste (Staaten und Reiche dieser Welt tagten hier auf dem grünen Rasen), alles schien hell erleuchtet, gerade so, als öffneten sich die Himmel, um sie mit ungeheurem Glanz zu empfangen – mit feierlichem Ernst.

Wie anmutig sich das hübsche kleine holländische Gebäude in dem seltsamen Licht ausnahm; jene prunkende Marmorkonstruktion mit den sinnlosen Kaskaden, die sich an der Fassade hinabstürzten, das war Italien; welch gelungenes Werk der winzige griechische Bau – weiß – klassisch, und daneben, sehr gefällig, flehte die Tschechoslowakei geradezu unerträglich um die Sympathie des Betrachters; und direkt gegenüber spreizte sich das große britische Empire, und dort, etwas weiter entfernt von den übrigen europäischen Staaten, ragte mit gewaltiger Autorität der

Marmorpalast der Sowjets auf und hob die beiden jugendlichen Figuren in die Nacht, ließ sie leichtfüßig auf der Luft dahineilen und ihrem Stern folgen, der sie geleitete.

Der Wein, das Lachen, der Mond, die taunassen Blumen, die Musik eines Streichorchesters (war es Glucks *Iphigenie?*) und Bridget St. Dennis in ihrem schönen blattgrünen Kleid, die sich mit dem armen vernarrten Percy unterhielt – die drei hier zusammen am französischen Pavillon – alles trug seinen Teil dazu bei, daß das Leben so unwirklich, flüchtig wie ein Traum erschien.

Da saß sie, freute sich wie ein Kind und aß ihre Melonenscheibe. »Oh, wie hübsch«, sagte sie, »dieselbe Farbe wie eine Aprikose und über und über mit kleinen Silbersternchen besprenkelt.«

Wie gekonnt sie alle mit ihrem Charme einfing, ihre Fäden in alle Richtungen spannte, daß es so schien, als werde nicht allein der arme Percy, gefangen und gebunden und hoffnungslos verstrickt, mit unsichtbaren zarten Bändern umgarnt und herumgewirbelt, sondern auch die übrigen Menschen an den Tischen ringsum.

Jetzt lachte sie. Percy beugte sich eilfertig vor und sah sie mit dem dümmlichen Blick an, den unbedingte Hingabe hervorbringt. Er wagte einen kühnen Griff nach ihrer Hand; und sie beobachten bedeutete, sich in einen Bereich privater und innerer Grübeleien versenken, denn über sie nachdenken hieß selbstverständlich Vergleiche anstellen.

Bridget, ganz Funke und Strahl, ließ die Facetten ihres

Herzens mit derartiger Geschwindigkeit kreisen, daß man nicht genau wissen konnte, welche Gefühlswallung einen traf, versprühte doch so viel gleichzeitig im Überschwang – und dabei legte sie so natürlich und leicht ihre Netze aus, wie eine Spinne ihr ausgeklügeltes Werk verrichtet –, hielt sich nie zu lange an einem Punkt auf, schwebte, flatterte weiter – und verteilte ihre Reize so großzügig und schlicht.

Sie selbst, die sie immer im Zentrum der eigenen Emotionen lebte – sie hielt sich fest, klammerte sich an (sagte ja, wenn sie eigentlich nein sagen wollte, und nein, wenn sie sich vorgenommen hatte, ja zu sagen), ließ sich zu sehr auf Empfindungen ein, bemitleidete die Menschen zu sehr, stürzte sich gefährlich tief in das Gefühlsleben anderer; und irgendwie gelang es ihr immer, den Fluß, das Fließen zu dämmen.

Mitgefühl verwies einen auf Schweigen, auf Einsamkeit – mit einem Wort, auf einen selbst –, und es häufte im Herzen so viele ungeteilte Sorgen und Schuldgefühle und Seinsformen an – und man verzehrte sich nach Mitteilung, nach gegenseitigem Geständnis und Bekenntnis, war aber statt dessen verurteilt zum Nachfragen, zum Mitfühlen, und auf seltsame Art isoliert, ähnlich wie Don Quichotte – drückte niemals ganz das aus, was auszudrücken man beabsichtigt hatte, erhielt niemals das zurück, was zurückzuerhalten man erwartet hatte.

Aber was sagte sie jetzt zu Percy – auf diese leichte, so bestimmte Art, mit der sie ihre erstaunlichen Ankündigungen hervorzubringen wußte?

Ihre Großmutter war ganz plötzlich in Florenz gestorben. Die kleine Beatrice hatte man nach Wien geschickt. Sie würde jetzt kein Einkommen haben. Ihre regelmäßigen Zuwendungen hatte sie aus Irland bekommen – einen Teil der Einkünfte der alten Dame. Der Besitz wurde in ein Erblehen umgewandelt; das Kapital fiel an einen Onkel. Er hatte sie so gut wie enterbt. Und ohne Geld, was um Himmels willen blieb einem übrig?

Und Percys Ausruf »Aber wieso, mein liebstes Mädchen, mußte die kleine Beatrice denn nach Wien?«

Frau von Mandestadt lebte in Wien. Vielleicht hatten die Priester das auf Schleichwegen erreicht. Und überhaupt, wo sonst hätten sie das arme Kind hinschicken können?

Frau von Mandestadt war die Mutter von Bridgets erstem Ehemann, Eric von Mandestadt. Obwohl sie eine geborene Rosenbaum war, hatte sie einen Arier geheiratet (sie hatte das lächerliche Wort benutzt, als sei es in allen europäischen Sprachen fest verankert). Aber was würde das helfen, um ihre kleine Beatrice zu verschonen? Ein Schulterzucken, Händeaufwerfen. So war die Welt nun einmal, und irgendwie mußte man in ihr leben.

Ihre allerliebste Großmutter; allerliebste Großmama! Sie fürchtete, sie habe das Herz ihrer Großmutter gebrochen. Sie wünschte, sie könnte ihnen eine Vorstellung von ihr vermitteln, nicht von ihr in jenen letzten tragischen Jahren, sondern von ihr, wie sie vorher gewesen war; nun, mit über siebzig gab es für sie auf der großen weiten Welt nicht einen Mann, den sie sich nicht hätte angeln können, wenn sie nur wollte, nicht einen, den sie sich nicht hätte gefügig machen und um den kleinen Finger wickeln können – dabei spielte sie mit ihren schönen Händen, wie um solche Heldentaten zu veranschaulichen.

Sie warf ihre Netze aus und holte auch einen gewissen jungen Mann in der hintersten Ecke des Pavillons ein; sie gab einem alten Herrn, der sie unverblümt anstarrte, zu verstehen, daß sie ihn widerlich fände; sie sagte dem Ober, daß die Melone exquisit wäre – »*absolument exquise.*« Sie sei, sagte sie, eine Schönheit der großen Tradition – eine echte *grande dame* – ziemlich ähnlich wie ein Kind – bezaubernd durch und durch. Tatsächlich war sie unverbesserlich. Sie flirtete mit Männern; sie flirtete mit Frauen; sie flirtete mit der ganzen Welt. Sie konnte ihre Koketterie ebenso wenig zügeln wie ein Vogel seinen Gesang oder eine Taube ihr Flügelschlagen.

Aber ganz und gar frivol war sie nicht – absolut nicht. Sie besaß eine große Liebesfähigkeit; und die Ärmste hatte viel Leid gekannt – ihr Lieblingssohn war in der irischen Revolution gefallen und dann diese fatale Ehe, die er kurz vor seinem Tod eingegangen war. Über ihre Mutter hatte sie nie die Wahrheit erfahren; sie war Spanierin; sie war verwegen; sie war wunderschön. Sie war unter mysteriösen Umständen verschwunden. Wo und auf welche Weise sie gestorben war, konnte nie aufgedeckt werden; alles war sehr geheim, skandalös gewesen – tragisch, und das einzige, was sie mit Bestimmtheit sagen konnte, war, daß man sie in frühen Jahren als Waise in die Obhut ihrer Großmutter gegeben hatte. Sie war ihr ein und alles gewesen, und die Ärmste hatte wahrscheinlich von früh auf aus den Teeblättern am Boden ihrer Tasse gelesen, wußte sie doch, daß das Blut ihrer Mutter in ihren Adern floß und dazu diese ganze irische Hefe in ihr gärte.

Auf jeden Fall war sie ein entschlossener Mensch. Sie hatte eine fixe Idee und auf ihre unvergleichliche Art alles daran gesetzt, diese drei unerbittlichen Damen an taktischem Geschick zu übertrumpfen. Sie hörte ihre Großmutter immer sagen, noch bevor sie den Sinn der Worte verstand, »Bridget ist für die Diplomatie geradezu geboren« – ein kurioser Gedanke, aber einer, von dem sie besessen zu sein schien. Sie gehörte zur ganz alten Schule und hielt es selbstverständlich für ganz wichtig, zumal sie davon ausging, sie sei mit ihren eigenen Vorzügen gesegnet, daß sie einen Diplomaten heiratete – in der Welt der Diplomatie konnten Schönheit, Koketterie und Witz wertvoll genutzt werden.

Und das vor Augen schickte sie sie in sehr jungen Jahren auf eine Klosterschule, so ein schöner Ort, in der Nähe von Avila, mit einer so würdevollen Landschaft vor ihrem Fenster, und bestimmte Bäume und Blumen wuchsen dort und loderten wie der brennende Dornbusch; und Glocken läuteten am Morgen und am Abend; und die frommen Nonnen in ihrer Andacht und wie sie mit ihnen im Sonnenschein gegangen waren, im Schatten unter den Platanen, wie sie mit den Nonnen an ihren Hausaufgaben gearbeitet hatte – keine unglückliche Zeit; und die Literatur, so faszinierend; wieviel Poesie in den Leben der Heiligen verborgen lag – die weltlichen und die himmlischen Gefilde so dicht beieinander wie Licht und Schatten! Dort war sie beinahe sieben Jahre lang geblieben.

Und dann plötzlich hatte ihre Großmutter sie nach Rom geholt, wo sie sich in einem schönen alten Palast eingerichtet hatte und alle Fäden in der Hand hielt; und ob sie es glauben könnten, was sie ihnen nun erzählen wollte, aber wahrscheinlich könnten sie es nicht, ihre liebste Großmutter hatte sie mit dem Diplomaten ihrer Wahl verheiratet. Sie hatte ihm beträchtliche Aufmerksamkeit geschenkt; sie hatte seine Karriere verfolgt – sie hatte sich seinetwegen nach Rom begeben. Und da war er, meine Lieben – Eric von Mandestadt, erster Sekretär der österreichischen Gesandtschaft, der Sohn ihrer alten Freundin Mathilda von Mandestadt, geborene Rosenbaum. Er war reich, er hatte eine glänzende Zukunft vor sich – er war nicht zu alt. Könnten sie sich vorstellen, wie ihre Großmutter sie in die Falle gelockt hatte?

Nein, sie war sicher, sie würden es nie erraten. Sie selbst hatte eine kleine, eine sehr diskrete kleine Affäre mit ihm. Sie war kalt; sie war berechnend; alles war vollkommen geplant.

Als sie ihn genau da hatte, wo sie ihn haben wollte, als er fürchterliche Angst hatte, sich so sehr kompromittiert zu haben, daß es ihm nie mehr gelingen könnte, sich aus ihren Umarmungen zu befreien, das genau war der Moment gewesen, als sie ins Spiel gebracht wurde. Alles klappte erstaunlich gut. Sie war jung, sie war zweifellos unschuldig, sie war im heiratsfähigen Alter, die Enkelin seiner Geliebten – genau nach Erics Geschmack.

»*Bon! oiseau magnifique*« (während sie ein köstlich gebräuntes und paniertes Perlhuhn ihrer Prüfung unterzog und ganz offensichtlich nicht abgeneigt war, den Ober an der Geschichte teilhaben zu lassen, wählte sie jetzt bedächtig die Bruststücke aus, die er empfahl), und dann fuhr sie fort, alles sei so schnell und glatt gegangen, daß sie bereits verheiratet war, noch ehe sie die Chance hatte, etwas von ihrer Verlobung zu bemerken, alles in allem eine höchst verwirrende Erfahrung für ein so junges Kind.

Es war etwas an der Art, wie sie die Geschichte erzählte, wie sie die eigene Person ebenso behutsam aus dem Gefühlsspektrum ihrer Zuhörer heraushielt, wie es ihr gelungen war, die Situation an sich ohne die leiseste Andeutung von Rührseligkeit oder Selbstmitleid darzustellen, statt dessen der Marschroute ihrer Großmutter auf allen Wegen und Gemütszuständen gefolgt war, als ergebe sich so eine Art natürliche Begleitmusik ihres Dilemmas; und Percy, der nicht nur fürchterlich schockiert war, sondern überströmte vor Empörung und Mitleid und Zuneigung für sie und dennoch alles unterdrückte, der sich danach verzehrte, ihr offen zu sagen, was er von der ganzen Geschichte hielt; und Millicent, der keine Nuance seiner inneren Verfassung entging, die mit zwei einander widerstrebenden Stimmen kämpfte – die erste riet ihr, es Bridget gleichzutun und weder Mitgefühl noch Überraschung zu zeigen, die andere riet ihr, sich Percy anzuschließen und im Einklang mit ihm eine Orgie des Mitgefühls für das Mädchen zu feiern; währenddessen gelang es ihm, einen Teil seiner Erregung auf den Ober zu übertragen und bei ihm loszuwerden.

Nein, er wollte nichts von dem Perlhuhn – und damit entließ er ihn mit einer abrupten und ärgerlichen Kopfbewegung, und kaum daß er ihn außer Hörweite glaubte, da fragte er Bridget, nicht ohne eine gewisse Strenge, wie alt sie denn gewesen wäre, als sie Eric geheiratet hatte.

Gerade siebzehn, und wenn sie sich einen Mann vorstellen könnten, der ungefähr zu gleichen Teilen die Eigenschaften von Fisch und Tiger in sich vereinte, vielleicht könnten sie sich dann ein ungefähres Bild ihrer Gefühle für ihn machen. Er war kalt; er war leidenschaftlich. Und sie hatte nicht die Absicht, bei jenen römischen Jahren länger zu verweilen – es waren die unglücklichsten ihres Lebens.

Aber es hatte diesen Februarnachmittag gegeben, an dem sie René zum ersten Mal traf. Wie gut sie sich erinnerte – es war ihr vierundzwanzigster Geburtstag – die kleine Beatrice war gerade mal drei Monate; und sie war auf dieser Party der französischen Gesandtschaft erschienen, mit dem italienischen Offizier, der so ungemein verliebt in sie gewesen war – und da stand er und starrte sie quer durch den Raum an, gerade so, wie Romeo Julia angestarrt haben mußte. Sie hatte zurückgestarrt; sie konnten die Augen nicht voneinander lassen.

Es war Liebe auf den ersten Blick. Sie wußte nichts von der Liebe. Natürlich hatte sie ihre kleinen Affären gehabt, und wer an ihrer Stelle hätte die nicht gehabt? Aber diese Erfahrung! Sie war so neu, so überraschend – eine Vita Nuova – alles war verwandelt; und Rom im beginnenden Frühling; und die Spaziergänge in der *campagna*, und die vielen Asphodelen, und die vielen kleinen Lerchen, die vom Boden aufhüpften, nicht wie Shelleys Lerche, nur eine zur Zeit, die am Himmel sang, sondern Tausende, wirklich Tausende – der Himmel war voll von ihnen. Sich so vollkommen glücklich zu fühlen, wenn man vorher in seinem Leben nicht einen Augenblick glücklich war!

Was blieb einem anderes übrig, als zu kapitulieren! Man kniete vor Gott nieder, wenn er erschien. Sie brach ohne Skrupel alle Brücken hinter sich ab; sie verließ ihr Kind. Sie brach ihrer Großmutter das Herz; hätte sie etwas anderes tun können?

Glücklicherweise hatte René Pläne und Mittel.

War einer von ihnen schon einmal auf den holländischen ostindischen Inseln in der Java See? Und auf einmal sah sie aus, als schiene ihr die Sonne ins Gesicht. Wenn man den perfekten Ort für den Garten Eden suchte, man fände ihn direkt auf Renés Grund und Boden – man fühlte sich erinnert an den sechsten Schöpfungstag, als Gott Mann und Frau erschuf und sie zu ihrer Freude in ihren Garten entließ. Über allem lag eine gewisse Unschuld; etwas so vollkommen Reines, mit der blauen See und den Stränden, so unglaublich weiß, so göttlich geschwungen.

Die Palmen waren hoch und gerade und bewegten sich im Wind wie Musik; und die Wellen, die herrlichen pazifischen Wellen mit ihrem ewigen Gemurmel – manchmal waren sie groß und überströmt von weißem Schaum, manchmal waren sie klein und klar wie Kristall, aber immer waren sie wie Skulpturen, bäumten sich auf und formten sich für den Fall. Man sah in ihnen bunte Fische, Seealgen, Muscheln. Und die Muscheln, die man an den Stränden sammelte – weit schöner als Blumen! Man badete, man schlief, man lebte und liebte sich im Freien; und immer war man von dem magischen Gefühl begleitet, dies alles schon einmal erlebt zu haben, vor langer, langer Zeit, in den Uranfängen des Lebens.

Aber eine Frau, gleichgültig, wie sehr er sie anbetete, war nicht genug für René. Er brauchte Abwechslung. Und diese balinesischen Frauen, sie trugen Blumen im Haar, Lachen auf den Lippen, und in ihren Augen lag eine Art Erstaunen, eine ewige Kindheit; wer war sie, ein wehmütiges Schulterzucken, ein Händeaufwerfen – wer war sie, um sich mit diesen balinesischen Mädchen vergleichen zu können?

Da war ihre kleine Dienerin – was für ein schönes junges Geschöpf! Sie half ihr beim An- und Auskleiden; sie verbrachte Stunden damit, ihr Haar zu bürsten. René saß dabei und sah ihnen zu, dem braunen Mädchen und dem weißen Mädchen, in all diesen bezaubernden Haltungen. Wie vernarrt und außer sich er war. Er ließ sie sich in allen möglichen Stellungen hinlegen, so wie Gott sie geschaffen hatte, im Sonnenlicht, im Schatten – denn die eigentliche Tragik in Renés Leben war die, daß Gott ihm nicht die Schöpferkraft Gaugins geschenkt hatte; und wenn ihm auch jene Kraft fehlte, so besaß er auf jeden Fall ein künstlerisches Temperament; er war Künstler bis ins Mark.

Und sie glaubte, sie hätte darauf gefaßt sein müssen. Wenn sie auf jene Zeit zurückblickte, erkannte sie, wie unglaublich naiv sie gewesen war; um so vollkommener war ihr Erstaunen – an jenem Tag, als sie René und das kleine Geschöpf im hellen Tageslicht unter einer großen Palme am Strand beim Liebesakt erwischte. Wäre er mit einem Schwert auf sie zugelaufen und hätte sie in die Brust gestochen, er hätte sie nicht tiefer verletzen können, sie nicht mehr überraschen können; und dann, wie er sich nicht dazu in der Lage zeigte, ihre Eifersucht zu verstehen – alles so leicht nahm, darauf bestand, daß seine Liebesgeschichte mit der kleinen Schönheit an seiner Liebe für sie nichts änderte; also sie war, sagte er, und sie würde es immer bleiben, die einzige Frau, die er wirklich liebte – denn sich niemals langweilen hieß, immer verliebt zu sein. Das war seine Trumpfkarte, die er immer dann ausspielte, wenn sie in Streit mit ihm geriet – und sie mußten zugeben, sie war das As aller Trümpfe; sie langweilten sich nie miteinander. Aber als sie dahinterkam, daß es ein weiteres wunderschönes kleines Geschöpf gab – ein Kind von fünfzehn, Niannas Tante – schien das mehr, als sie ertragen konnte, und sie machte ihm eine perfekte kleine Szene und sagte, daß sie nicht vorhabe, das hinzunehmen – daß alles zwischen ihnen aus sei und daß sie sich entschlossen habe, nach Europa zurückzukehren und ihn seinen braunen Schönheiten überlassen wollte. Zu ihrer großen Verwunderung protestierte er nicht, und noch ehe sie sich versah, fand sie sich in den Schlingen ihrer eigenen hastigen Entscheidung gefangen. Er verlor nie die Beherrschung, er zeigte sich sehr großzügig und gleichmütig in der ganzen Angelegenheit; er kaufte ihr Fahrkarten, er versprach, ihr Geld zu schicken, er begleitete sie sogar bis nach Batavia, wo er sie zum Boot brachte. Und bis auf den heutigen Tag könne sie nicht begreifen, wie sie ihm beim Abschied hatte widerstehen können, dort in ihrer Kabine – als er die Arme um sie legte und so leidenschaftlich küßte, und dieser übermächtige Impuls, ihm zu verzeihen und mit ihm ins Paradies zurückzukehren; und ihren Impulsen hatte sie nie gut widerstehen können. Aber sie widerstand ihnen. Und fort nach Europa segelte sie; und er stand dort am Pier und winkte ihr so lange zu, bis sie ihn von dem Rest der Menschen nicht mehr unterscheiden konnte. Wie weh das ihrem Herzen getan hatte!

Und Percys Unterbrechung, der die Sprache wieder auf die kleine Beatrice bringen wollte und einwarf, daß das zumindest ein Trost für sie gewesen sein mußte – zu ihrem Kind zurückzukehren, denn schließlich mußte die Trennung doch entsetzlich schmerzlich für sie gewesen sein. Wie lange war sie auf Java gewesen, und wie alt war die kleine Beatrice damals und bestimmt mußte sie heftiges Verlangen verspürt haben?

Nein, offen gesagt, das war kein Trost für sie gewesen, und überhaupt, sie kehrte nicht zu ihrem Kind zurück – zumindest nicht damals. Das war nicht ihre Richtung; sie war unterwegs nach Paris, wo sie bei Freunden unterkommen wollte, den Van Nords. Paris war so gut wie jeder andere Ort, um ein gebrochenes Herz zu heilen – und irgendwie mußte man einen neuen Anfang machen.

Aber war die kleine Beatrice in Wien bei den von Mandestadts? War sie in Rom bei Eric – war sie bei ihrer Großmutter? Und wo war ihre Großmutter? War sie noch immer in Rom?

Nein, sie lebte mit der kleinen Beatrice nicht weit von Florenz, in der Villa, in der sie gestorben war – ein wunderschöner Ort zwischen Hügeln und Weinbergen. Sie hatte ihre Großmutter zu der Zeit noch nichts von dem Bruch mit René wissen lassen – der Rückkehr nach Europa und so weiter; sie wartete auf den richtigen Zeitpunkt, um ihr die Nachricht mitzuteilen. Und dann, was glaubten sie wohl, geschah, und zwar nur wenige Monate nach ihrer Ankunft in Paris?

René erschien auf der Bildfläche! Er war charmant und reuevoll – sie konnten sich wohl vorstellen, wie glücklich sie war, ihn zu sehen. Und das Unwahrscheinliche an der Sache war, er erschien in genau dem Augenblick, als ihr Anwalt und die Abgesandten der von Mandestadts gerade die lästigen Geschäfte mit ihrer Scheidung abgewickelt hatten. Sie war frei, und René hatte es so eilig, daß er nicht einen Moment warten konnte; sie mußten auf der Stelle heiraten. Er bemühte eine äußerst beredte Argumentation; sie langweilten sich nie miteinander; er ging sogar so weit und versprach ihr ewige Treue. Und was sie betraf, sie war schon immer Wachs in Renés Händen gewesen; sie schenkte seinen Versprechungen wenig Glauben, schenkte der Zukunft wenig Glauben; aber jene Monate der Trennung hatten sie gelehrt, wie das Leben ohne ihn aussah.

Und Percy, die ganze Zeit über darauf aus, mehr über die kleine Beatrice zu erfahren, versuchte sie zu unterbrechen. Was war mit der kleinen Beatrice, wollte sie ihm nicht sagen, was mit dem Kind geschehen war, bevor sie weiter erzählte? Hatten die von Mandestadts darauf bestanden, das Sorgerecht zu bekommen?

Oh du meine Güte, nein (und hatte Millicent einen Schatten über ihr Gesicht huschen sehen, so rasch wie der Flug eines Vogels?), niemand wollte die kleine Beatrice; sie war dort geblieben, wo sie war – bei ihrer Großmutter in Florenz.

Und sie war noch nicht dort gewesen?

Nein, sie wartete auf den richtigen Zeitpunkt – sie wollte das zusammen mit René machen, denn sobald die nötigen Papiere in Ordnung waren, hatten sie eines schönen Morgens die Van Nords als Trauzeugen mitgenommen und geheiratet, wie es sich gehört; nicht eine Hochzeit, der ihre Großmutter zugestimmt hätte, denn sie hatte selbstverständlich ohne den Segen der katholischen Kirche stattgefunden, aber immerhin eine ganz respektable gesetzliche Verbindung.

Die Freude, die sie beide darüber empfanden, jetzt Mann und Frau zu sein, war ungeheuer. Ihre Hochzeitsreise machten sie nach Griechenland. Sie war noch nie zuvor dort gewesen – sie konnten sich wohl vorstellen, wie schön das war; und danach wollten sie geradewegs nach Florenz und ein offenes Geständnis ablegen. René war wirklich so charmant, so gutaussehend, so kultiviert – genau nach dem Geschmack ihrer Großmutter; sie hatten sogar eingeplant, daß er so weit gehen durfte, wie er Lust hatte, sollte die alte Dame irgendwelche Absichten auf ihn deutlich werden lassen. Er schien sich auf das Treffen zu freuen.

Aber, oh weh, sie waren nicht vorbereitet auf die Veränderung, die mit der armen alten Dame vor sich gegangen war. Meine allerliebste Großmama (dabei bekreuzigte sie sich hastig, beinahe flüchtig). Der Besuch war mehr als erschütternd gewesen. Ihre faszinierende, weltlich gesinnte, kapriziöse alte Großmutter war, sie konnte es anders nicht ausdrücken, aus dem einen Zimmer ihrer Seele ausgezogen, hatte die Tür verschlossen und wohnte jetzt in einem anderen. Sie war immer, auf ganz pedantische und routinierte Art, eine religiöse Frau gewesen; sie war in die Messe gegangen; sie hatte ihre Sünden gebeichtet. Aber die Frömmigkeit, die sie jetzt praktizierte, war etwas ganz anderes. Sogar ihre äußere Erscheinung war eine andere. Über dem Kopf, ihr schönes Gesicht einrahmend, trug sie eine schwarze Spitzenmantille; sie stand ihr ausnehmend gut und verlieh ihr eine melancholische Größe, denn noch immer war sie die *grande dame*. Sie bewegte sich in der Villa wie eine Mater Dolorosa, und ihre einzigen Freunde waren Priester und Prälaten. Überall roch es nach Frömmigkeit und Gebet und Buße, und was noch bedrückender war, nach resigniertem, diszipliniertem Leid. Sie und René schienen keine Gegenwehr entwickeln zu können. Sie waren in der Annahme gekommen, ihre Vergebung erflehen zu müssen – ihnen war von vornherein vergeben. Es war in der Tat sehr seltsam, sehr deprimierend, ein höchst melancholischer Besuch; und dazu die Nachtigallen, die die ganze Nacht über im Zypressenhain hinter der Villa sangen, und der Duft von Iris und Jasmin, der ständig in der Luft hing – der ganze Zauber eines toskanischen Junis hüllte sie in uralten, bußfertigen Gram. Gott! Sie hielten es einfach nicht aus! Sie blieben nur eine Woche.

Und dann die Geschichte im Eiltempo weitererzählt, als müsse jeder Kommentar darüber, daß sie die kleine Beatrice mit keinem Wort erwähnt hatte, unbedingt verhindert werden; und der arme Percy, durch derartig schamlose Vernachlässigung des kleinen Wesens vollkommen sprachlos gemacht, der den Kampf, sie zurück in die stürmische Erzählung zu holen, nun aufgab; er ließ sie einfach weitermachen, mit dem armen Kind, das wie ein Geist unter den Schatten des Zypressenhains zurückblieb, oder draußen im Sonnenlicht auf den Pfaden zwischen Iris und Jasmin, das durch die großen Zimmer dieser melancholischen Villa lief; unheimlich –

Weiter erzählte sie, und sie versuchte gar nicht so sehr, ihre Empfindungen zu rechtfertigen, ihre durch und durch blinde Leidenschaft für René, als vielmehr ihre Reaktion auf ihn zu erklären, ihre Seligkeit in seiner Nähe.

Sie vertiefte dieses Kapitel nicht allzusehr. Er hatte seine alles beherrschende Sünde, Schwäche, man könnte auch von einer unglücklichen Veranlagung sprechen – einer Perversität; er konnte die Finger einfach nicht von den Frauen lassen. Was sie betraf, vielleicht war es eine innere Verhärtung; die anfängliche Bestürzung hatte sie durchlitten; aber jetzt, sie veränderte sich so, daß es sie nicht mehr allzusehr beunruhigte – vielleicht mußte man mit René verheiratet sein, damit man lernte, sich seinen Extravaganzen anzupassen, ihm zu verzeihen. Im übrigen, die ganze Geschichte hatte einen weniger poetischen Aspekt als in Bali, denn die braunen Mädchen dort waren so wunderschön – hatten ihre Poesie, ganz sicher. Die Affären jetzt waren ganz anders. Sie müßte es zugeben, sie gewann ihnen sogar etwas ab; er hatte eine Vorliebe für das Häßliche, das Perverse, das leicht Korrupte entwickelt – und da er jetzt alles mit ihr diskutierte, bestand ein gewisses Interesse an der Analyse – Zergliederung.

Die Kameradschaft mit René war es, die so persönlich war, so einmalig. Also, in seiner Gegenwart erwachte alles zu Leben. Und wieviel Wunderbares sie zusammen erlebten! Zum Beispiel das russische Ballett; sie folgten ihm durch ganz Europa. Und welche Musik sie hörten! Renés Kenntnis der Musik war wirklich immens, für einen Amateur – all diese großen Quartette und Symphonien, die Opern, er kannte sie in- und auswendig, hatte sie in seinem

Kopf gespeichert; er summte und pfiff die kompliziertesten Arien, die verzwicktesten Themen und Variationen; was für ein Genuß war es, ihn morgens in der Badewanne zu hören. Aber natürlich gehörte seine größte Liebe der Malerei; sie waren überall hingefahren, wenn er mit einem bestimmten Gemälde vertrauter werden wollte. Wie sehr Gemälde doch dazu beitrugen, einem die Welt, in der man lebte, begreiflich werden zu lassen! Sie machten es sich zur Gewohnheit, Gesichter zu studieren – überall, in Zügen, in Cafés, an den abenteuerlichsten Orten; denn sie waren ständig auf der Suche nach dem Schäbigen, dem Anrüchigen, man könnte sagen, dem durch und durch Verkommenen. Das »fesselnde Gesicht« zu finden – das war ihre Aufgabe, der sie sich verschrieben hatten; und wenn man es gefunden und lange genug angesehen hatte, entdeckte man meist immer, daß es seine Kopie in irgendeinem großen Meisterwerk hatte; und wenn man sein Ebenbild gefunden hatte, dann war es so, daß die Kenntnis jenes Gesichts, jenes Meisterwerks, jenes Menschen, der ihm ähnlich sah, zu einer größeren Kenntnis der Welt, der menschlichen Natur im allgemeinen führte – des Lebens an sich. Dieser Prozeß, eine Verbindung zwischen dem Leben, der Erfahrung und der Kunst herzustellen, gehörte zu den inhaltsreichsten Freuden, die sie miteinander teilten. Sie erfanden jede Art interessanter Spiele um diese Gewohnheit herum; jede Stadt hatte ihr Spiel – und es gab Spiele für das Land – und die zwielichtigen und verworfenen Spiele. Sie konnte sie gar nicht alle aufzählen. Renés Begabung, die Herumtreiberei eines unsteten Lebens in etwas Weihevolles umzumünzen, war außergewöhnlich. Und natürlich dürften sie dabei sein außergewöhnliches künstlerisches Temperament nicht vergessen – seine unstillbare Neugier – diese Sucht zu schmecken, zu erfahren, alles zu berühren; und alle Früchte an den Bäumen, könnte man sagen, in seiner Reichweite; und dann sein Wissen, daß das Spiel bald aus war.

Und dann war da (ihr Gesicht plötzlich ernst, nachdenklich, wie verloren in bestimmten Tiefen, die zu ergründen sie sich nicht erdreisten wollte) dieser verwirrende Drang zur Malerei, den er verspürte, den Bereich einer natürlichen Begabung oder Fähigkeit zu überdehnen – ein Gefühl von Enttäuschung – und, hellsichtig wie er war, wußte er, daß er Amateur war und trotzdem nicht aufhören konnte, es immer wieder zu versuchen, was ihn manchmal in tiefste Düsternis stürzte. Wenn sie auf ihren Streifzügen unterwegs waren, nahm er immer seine Maluntensilien mit. Seine Aquarelle waren bezaubernd – nicht kräftig genug in Umriß und Farbe, schwach; aber bezaubernd, bezaubernd. Sie versuchte wirklich ihr Bestes, Interesse an den Tag zu legen; aber sie konnte René nicht anlügen. Sie war nicht überzeugt.

Es war diese Leidenschaft zur Malerei, die sie am Ende in die Knie zwang – jener Sommer auf dem Balkan, an einem so hinreißenden, einem ganz unentdeckten Ort, wo sie am allerwenigsten Rivalität erwartet hätte; in der Tat, es war eine Situation, in die zu geraten sie sich nie hätte träumen lassen; aber in jenem Sommer in Petre traf sie auf eine echte, eine fatale Rivalin. Sie wisse bis auf den heutigen Tag nicht, welcher Nationalität sie angehörte, Rumänin? Bulgarin? Vielleicht war sie Griechin, Serbin. René hatte es ihr nie gesagt – sie hatte nie gefragt. Aber sie hatte ihn fest an der Angel. Sie war fett, sie war häßlich; sie war genau doppelt so alt wie er; sie war ungewöhnlich korrupt. Aber sie war unverkennbar eine Malerin. Ihr Talent war unbestreitbar. Sie sagte ihm, seine Arbeit sei bemerkenswert; daß sie einen Maler aus ihm machen könnte – daß die einzige Entschuldigung für seine Existenz seine Begabung sei – eine wahre Begabung.

Angesichts dieser Sachlage (ein Schulterzucken, ein Händeaufwerfen), also wirklich – welche Chance hatte sie? Sie wußte, wenn René eine Geliebte gefunden haben würde, deren Gesellschaft er sowohl im hellen Tageslicht als auch in dunkler Nacht genoß, dann wäre das ein echter Grund, alarmiert zu sein. Er gewöhnte sich an, sie mit auf jene hinreißenden kleinen Ausflüge mitzunehmen, die sie immer gemeinsam unternommen hatten; und dann – kaum zu fassen, eines schönen Tages, und ohne Ankündigung, entführte er sie nach Bali.

Ja, mit Hilfe ihres Anwalts und der Abgesandten ihrer Großmutter ließ sie sich von ihm scheiden. Sie vermutete, sie habe dem Wunsch nachgegeben zurückzuschlagen. Die Geste entsprach nicht ihrer Natur. Es fiel ihr schwer, jemandem auf längere Zeit böse zu sein, und was René betraf, hatte es immer nur wenig gegeben, das sie ihm nicht verzeihen konnte. Um die Wahrheit zu sagen, sie hatte sich kreuzelend gefühlt, sobald alle Knoten zerschnitten waren, und außerdem, eine europäische Frau, zweimal geschieden, war in keiner allzu beneidenswerten Lage.

Was sie mit ihrem Leben tat? Es gelang ihr, recht gut nach Renés Rezept zu leben – »Iß, trink und sei fröhlich, denn morgen schon kann alles zu Ende sein.« Sie hatte mehrere bizarre kleine Affären; aber wirklich bizarre. Das einzige, was sie in dieser Hinsicht bedauerte, war, daß René nicht zur Hand war und sie so ihre Liebesgeschichten nicht mit ihm durchsprechen konnte. Sie waren amüsant, hätte er gesagt.

Und dann eines schönen Tages in Paris, es war zwei Tage, nachdem Chamberlain aus München zurückgekehrt war – sie erinnerte sich so genau an jenen Nachmittag, das späte Nachmittagslicht strömte durch das Wohnzimmer der Van Nords – und sie tranken gerade Tee und aßen Croissants, als er hereinkam, lustig und quietschvergnügt, und ob die Van Nords, die René geradezu anbeteten, ihre Finger mit im Spiel gehabt hatten, war nie herausgekommen; wie auch immer, sie könnten sich wohl vorstellen, wie selig sie war, ihn zu sehen.

Nach einer überglücklichen Woche in Paris, mit allen Galerien, Konzerten, so viele wie möglich – kein Wort des Zorns oder des Vorwurfs kam über beider Lippen, alles liebenswürdig und bezaubernd – nach einer überglücklichen Woche erschien René eines Morgens und schwenkte zwei Fahrscheine für die *Normandie* – eine Kabine für frisch Verheiratete, nicht weniger. Er hatte beschlossen, daß sie mit ihm segeln müsse, und zwar sofort. Europa stünde kurz vor dem Zusammenbruch. Es sei fertig – kaputt – und er wolle nicht, daß sie zurückblieb, wenn er ginge; er wolle sie in Amerika haben, nur so könne er inneren Frieden finden. Sie brauche ihrer Großmutter nichts von der Eskapade zu erzählen, bevor sie New York erreicht haben würde. Dann könne sie weiter sehen; sie könne in einen Briefwechsel mit der alten Dame treten. Sie müsse sie überreden, mit der kleinen Beatrice den Ozean zu überqueren. New York sei der einzig sichere Ort für sie alle; und ihre Großmutter würde ihm ihr Leben lang für seine Klugheit danken; er wolle ihnen helfen, soweit seine Mittel das erlaubten, die, wie sie wußte, nicht gerade üppig waren, hatte er doch seinen gesamten Besitz so gut wie durchgebracht. Und da war noch diese Frau vom Balkan, diese Serbin, Rumänin – wie auch immer sie sich nannte – die in San Francisco auf ihn wartete.

Und so war sie also hier.

Und sie erhob sich abrupt, auf diese ihr eigene Art, mit einer Geste, einer Wendung aller Emotionen, die in einer für sie beendeten Situation lagen, vom Tisch zu wischen, um dann ihre ganze Aufmerksamkeit, frei von verwickelten Gedankengängen, frisch dem nächsten Kapitel zuzuwenden. Sie wollte, sagte sie, wieder Gemälde ansehen gehen – es gab so viele, die sie noch nicht gründlich kannte; und da warte dieser hübsche kleine Van Der Weiden, der göttliche Goya. Man könne sie gar nicht oft genug ansehen.

Sie hieß sie mitzukommen; sie machte sich sofort auf den Weg, mit ihrem leicht lässigen Gang blieb sie ihnen ein wenig voraus, summte dabei die Arie aus der *Iphigénie*, über die taunassen Wege, über das Gras in dem seltsamen Mondlicht, der künstlichen Beleuchtung, den gebrochenen Regenbögen.

ZWEI

Millicent lag im Bett und sah hinaus. Rechts und links von ihr Fensterreihe um Fensterreihe – kleine Lichter bildeten Schwärme und Scharen und flackerten, flatterten, flogen hinaus in die blaue Nachtluft wie Teilstücke leuchtender Bienenkörbe. Dieses Gefühl von Unwirklichkeit, das sie bereits im französischen Pavillon gehabt hatte, kehrte verstärkt zurück; es überwältigte sie fast.

Gott, es gab Augenblicke, da würde sie am liebsten ihren ganzen Unglauben in den Himmel hinausschreien – dieses Leben, diese Welt bäumte sich vor ihr auf – daß sie tatsächlich hier war – sich an den Seilen festklammerte, nach den Ringen griff; und besonders heute nacht, da Bridgets Geschichte ihr noch so nahe war, und all diese Bienenkörbe, Behausungen, diese Lichterschwärme, die tatsächlich durch die offenen Fenster hereinflogen.

Und in diesem Frühling wurde man von einer Stimmung getragen, die sowohl Zärtlichkeit als auch Entsetzen bedeutete. Man führte sie ständig mit sich – was damit zusammenhing, daß die Jahreszeit so mild war und die schönen Tage einander folgten wie zur gegenseitigen Beteuerung – der Sommer so ungewöhnlich nah. Dort drüben in

Flushing Meadow fand weiter die Ausstellung statt. Hitler hatte Österreich besetzt. Er war ins Sudetenland eingedrungen. Chamberlain hatte uns Frieden angeboten. Morgen würde sie zur Cocktailparty der Lenny Weeds gehen. Sie würde ohne Zweifel Paula Downs und den alten Mr. Andrews treffen. Sie würde mehr Cocktails trinken, als gut für sie waren. Sie würde schrill sein und unangenehm, sogar sich selbst so empfinden.

Eine Uhr schlug zwölf. Sie zählte die Schläge. Von Long Island, von New Jersey wehte ein Duftgemisch aus Gras und frischen grünen Blättern, aus Flieder und Apfelblüten unbestimmt durch die Stadt, kam herein durch die offenen Fenster. Der Mond stand hoch über den Wolkenkratzern. Nebel stiegen von den Gehwegen auf. Im East River schlugen die Fluten hoch. Die Schleppkähne woben ihre Flußsymphonien. Auf dem North River setzte sich die *Normandie* in Fahrt. Menschen winkten von Deck; Taschentücher winkten vom Landungssteg. Auf den Mauervorsprüngen des Metropolitan Museums schliefen die Tauben, ihre Köpfe unter den Flügeln. Auf der anderen Straßenseite saßen sie in Scharen auf Erkern und Fenstersimsen der Fifth Avenue. Sie schliefen in den Nischen der 42nd Street-Bücherei. Die Wolkenkratzer – Chöre erleuchteter Fenster, menschliche Bienenvölker, die in der Nacht um sie herum schwärmten, Städte aus Glas und Eisen – flackerten und flatterten wie Bienen, wie Glühwürmchen, schienen gemeinsam zu singen und zu feiern, etwas Seltsames, nicht so ganz Glaubwürdiges.

Nun, wenn man beschloß, darüber nachzudenken – wie unglaublich das Ganze –, daß man derselbe Mensch war, in dem noch die Glöckchen eines Schlittens nachhallten, den das langsame Dahintrotten von Pferdehufen, wo immer man es vernahm, in eine Zeit zurückversetzte, die von der Gegenwart so weit entfernt war wie die Tage von Königin Elizabeth I. oder eine andere Geschichtsepoche. Und wenn sie das alles überdachte – die Veränderungen, die seit ihrer Jugend in der Landschaft ihres Lebens vor sich gegangen waren –, kam sie fast zu dem Schluß, daß sie auf ihrer Reise die üblichen Grenzen von Erinnerung und Assoziation weit überschritten hatte; denn aller Erregung – dem ungestümen Dahineilen des heutigen Tages – waren Augenblicke beigemischt, da schien es ihr, als spiele sich alle Erfahrung in einem leeren Raum ab, wo Klänge keinen Nachhall in der Erinnerung hinterließen; man empfand sich abgeschnitten von den eigenen Wurzeln; man tastete sich vorwärts, man versuchte, seinen Weg zu finden.

Und wie konnte jemand, der wie sie eine umhegte, begrenzte Kindheit und frühe Jugend hinter sich hatte, in der heutigen Welt ohne beständiges Erstaunen existieren, um nicht zu sagen ohne Verrenkung der eigenen Seele – wenn man das Radio anstellte (während man plauderte, seinen kleinen Beschäftigungen nachging), die Wählscheibe drehte – Stimmen aus allen Kontinenten und Inseln der Welt. Man ging ins Kino; sah die Wochenschau – unvorstellbare Szenen des Entsetzens spielten sich vor einem ab, Städte wurden bombardiert, Frauen verstümmelt, Kinder im unschuldigen Spiel ermordet. Man sah die Bewohner jedes beliebigen Kontinents. Man durchquerte Dschungel und Arktis, man sah die Ureinwohner bisher unbereister Länder. Die Welt hatte einen Riß bekommen; sie war geborsten, sie hatte sich geöffnet, und während man voller Erstaunen zusah, schickten alle prallen Zellen und Bienenstöcke und Behausungen ihre Bewohner hinaus, damit man sie anstarren konnte. Und war es nicht so, daß einen ein seltsames, undefinierbares, aber dennoch authentisches Schuldgefühl überkam, ein Verantwortungsgefühl, als sei man selbst verwickelt in dieses Furcht gebietende, grauenhafte Geschäft?

Man fuhr in Autos durch die Gegend, man bestieg Ozeandampfer, überquerte den Kontinent in Chiefs und Super Chiefs-Flugzeugen, man jagte hierhin, dorthin, und überallhin – denn man wollte alles erhaschen, sehen, an sich reißen, als sei einem jeder Anblick, jede Erfahrung zugänglich, wenn man nur schnell genug war, und gleichzeitig verspürte man diese Sehnsucht, umzukehren, sich ins Dunkle, Dämmrige zurückzuziehen, ins Vergangene und abgründig Tiefe.

Schrecklich und schwindelerregend die Geschwindigkeit, der Takt, und dazu der Weltkrieg, der große Donner – der Zusammenbruch, die große Depression, und die Gegenwart so voller Entsetzen und Zärtlichkeit, die tagtäglich eine so merkwürdige Intensität für einen bereithielt. Man fragte sich so häufig, wer man war und was man war und wer man am besten im nächsten Augenblick wäre, denn es gab so viele Rollen, die man zu gegebener Zeit spielen zu müssen glaubte, und dann mußte man sich mit dieser Gruppe so und mit jener wieder wie eine ganz andere Person verhalten, und dabei versuchte jeder, ein bißchen mehr aus dem anderen herauszubekommen, als der andere zu geben bereit war, während das Herz so sehr nach etwas hungerte, das nur der Himmel zu kennen schien, so ungestillt in seinem Hunger war, so leer.

Denn es schien, als könne einem in New York alles widerfahren – beinahe alles könne sich ereignen – man schien alles zu fordern (oder beinahe alles), und alles schien jedem erreichbar zu sein (oder beinahe erreichbar); und diese überwältigende Stadt, die wie ein großer Weihnachtsbaum so strahlend leuchtete, die unermüdlich so viele glitzernde Geschenke austeilte; und diese ständige Hast und Rivalität – diese ständige Raserei, die einen geistig bis zur völligen Erschöpfung trieb und ein einziges Nervenbündel aus einem machte –, mit der die Artikel, die mittelmäßigen, kleinen Geschichten heruntergeleiert wurden, die man, wenn man ehrlich sein wollte, ohne echtes Demutsgefühl nur schwer als die eigenen erkennen konnte, die heruntergeleiert, in die Welt geschickt wurden, um ihre Belohnung zu finden, die proportional zu ihrer Trivialität ins Ungeheuerliche anwuchs – die einen ausschalteten... – mit Hollywood feilschten, während die vielen Anwälte, Manager, Verleger, Verträge, Agenten ein höchst verwirrendes Netz aus Verpflichtungen und Abenteuern um einen herum sponnen und einen immer schneller antrieben, bis man sich, kaum daß man gewahr wurde, was mit einem geschah, in dem wahnsinnigen Tempo des eigenen Lebens wiederfand und es so scheinen wollte, als sei alles irgendwie eher zufällig denn geplant geschehen.

Man konnte es nicht als das natürliche Klima der Seele bezeichnen. Man ging hierhin, man ging dorthin; man setzte sich den verabscheuungswürdigsten Gewohnheiten des Herzens aus – dieser Namensdünkel, Leistung – diese Sucht nach Legitimation des einzelnen – es schien in der Luft, die man einatmete, zu liegen, es drang bis ins innerste Mark des eigenen Verhaltens – diese kalten kleinen Kopfbewegungen, der wandernde Blick, die peinlichen Begeisterungsstürme, die so urplötzlich über einen hereinbrachen, daß einem das Herz stehenblieb. Und dann ertappte man sich selbst so häufig dabei, daß man die gleichen Verhaltensweisen an den Tag legte, diesem die kalte Schulter zeigte, jenen ins vertrauliche Gespräch zu ziehen versuchte. Und dabei sehnte man sich nach einem Beweis natürlicher Wärme und Freundlichkeit. Loyalität und Herzlichkeit schienen sich, und zwar ohne daß man dessen gewahr wurde, in üble Nachrede aufgelöst zu haben, in analytische Zergliederung – Sophisterei. Und wer die Schuld daran trug und wie das so gekommen war, das war nicht leicht zu beantworten.

Und wenn das Herz sich nach etwas verzehrte, das es nicht bekam, wohin wandte es sich mit all seinen ungebärdigen Bedürfnissen? Persönliche Beziehungen schienen

Gestalt und Kontur verloren zu haben. Man griff ins Leere. Was blieb, war Hunger, war ungeheuerliche Neugier, war Einsamkeit. Und man war sehr beschäftigt. Dringlichkeit herrschte. Man mußte dieses und jenes tun; man mußte hierhin und dorthin gehen. Und, merkwürdig wie es war und jenseits jeder Definition (denn waren wir nicht alle betroffen?), es herrschte eine gewisse Übereinstimmung. Jeder mußte weitermachen; niemand durfte schlappmachen, denn wenn man Beherztheit an den Tag legte, eine gewisse Ausdauer, hatte man die Chance, damit durchzukommen und vielleicht sogar ein Stückchen weiter. Aber was es war und wann es Wirklichkeit werden würde, wer konnte das sagen? Wer konnte etwas voraussagen in bezug auf diese möglichen, diese vage erahnten Eventualitäten?

Und dennoch gab es diese plötzlichen, diese unerklärlichen Momente – wenn einen die Liebe überfiel – wie eine Verkündigung traf sie einen mitten ins Herz, erreichte einen hier, dort – überall – im Oberdeck eines Busses, in vollen Konzertsälen – an manchen Winterabenden, wenn über einem die Wolkenkratzer flimmerten und flackerten – dieses große Flügelrauschen, dieses Überströmen, dieses großzügige Geschenk allen Vorrats an Liebe und Treue in einem – während man in der Menge untertauchte, in den Gesichtern forschte. Dieses Gefühl von Brüderlichkeit. Man begrub darin seine Einsamkeit. Zuweilen war man davon überzeugt, daß es größer war als jedes persönliche Interesse an Glückseligkeit.

Millicent hob die Hand, um sich die Tränen fortzuwischen, die ihr zur eigenen Überraschung die Wangen hinunter flossen; sie genoß die Wärme und Zärtlichkeit. Sie schloß die Augen und ließ die warme Brise sanft über Wangen und Hals streichen.

In New Jersey oder Long Island, im Bronx Park oder im Van Cortlandt Park, weiter in Connecticut ging der Frühling leise und sanft in den Sommer über – trat über die Schwelle, tauschte seine eisgrünen und frostweißen Blüten gegen die dunkleren Farbtöne des Sommers. Und als diese empfindsamen zarten Bilder die Erinnerung an Bridget St. Dennis nach sich zogen, sah sie sie vor sich, prächtig gekleidet in dieses wunderschöne blattgrüne Kleid, angetan mit diesem eleganten, makellos schwarzen Hut, dessen Schleife wie ein Vogel aussah, der neben einem blühenden Apfelzweig hockte, der ihr weißes Gesicht und weiches dunkles Haar so schön zur Geltung brachte.

In ihrer Gegenwart fühlte man sich immer auf seltsame Art wie neu geboren, überrascht; da ihre Nerven auf die feinsten Schwingungen reagierten, schien sie unentwegt das Klima zu wechseln, von einer Jahreszeit des Herzens in die nächste zu springen. Diese großen dunklen Augen, die, wie Percy erklärte, vor tiefer, vor mediterraner Feierlichkeit überströmten, was natürlich nur halb stimmte, funkelte doch das Irische, das sie von ihrem Vater geerbt hatte, in ihrer Iris und blitzte zuweilen unmißverständlich auf – diese Mischung des Irischen und Spanischen, das sich verbündete, um etwas Ernsthaftes, Geformtes und Behutsames einem Leichtsinn, einer Ausgelassenheit und

Schlagfertigkeit gegenüberzustellen; und die beiden Tendenzen hielten sich in vollkommenem Gleichgewicht.

Fügte man diesen Elementen des Tages und der Nacht, die ihr höchst wahrscheinlich in die Wiege gelegt worden waren, die eher zufälligen Qualitäten hinzu, die sie als Kind ihrer Zeit und ihrer Generation auswiesen, dann blieb man unentschieden und ihre Person in der Schwebe. Man sah hinter ihr flüchtige Bilder eines Europas, das, am Rande der Zerstörung dahintaumelnd, sich offener und einladender für Genuß und Erkundung gab als je zuvor in seiner Geschichte. Alle Länder, könnte man sagen, breiteten sich vor ihr aus wie ein einziger verwunschener Garten – all die schönen Städte, ihre Opernhäuser, Konzertsäle, Kasinos, Restaurants, Kirchen, Kathedralen, Museen, Bars, Bistros, alle zu einer Art privatem Lustgarten zusammengewürfelt, damit sie sich darin amüsierte, und sie reiste so rasch hin und her, ließ sich von den wunderlichsten Launen von Hauptstadt zu Hauptstadt treiben, diese Entschlossenheit, das Ästhetische und das Sinnliche zu erforschen, da die intellektuelle Erwiderung für sie nicht nur zur aufregenden, sondern zur wichtigen und wesentlichen Aufgabe des Daseins geworden war.

Plötzlich erschrocken – abrupt abgeschnitten von ihren Gedanken – griff Millicent über das Bett nach dem Telefonhörer; denn das Telefon läutete schrill, insistierend, fuhr durch sie hindurch wie ein Messer, forderte erbarmungslos seine dreisten Rechte.

Guter Gott; was es erzwang – Interesse, Sanftmütigkeit,

die erforderliche Änderung im Ton, die Fähigkeit, sich jederzeit auf denjenigen einzustellen, der einen gerade brauchte.

»Ja, Percy«, sagte sie, »gewiß doch, mein Lieber.« (Und um diese Zeit? Was nahm er sich heraus, um diese Zeit? Glaubte er, daß sie ihm jeden Augenblick, sowohl tagsüber als auch nachts, zu Diensten stünde?) »Was möchtest du mir denn sagen?«

Es ließe ihn nicht zur Ruhe kommen, Bridgets Auswegslosigkeit – die kleine Beatrice. Kaum hatte er sie nach Hause begleitet, schon hatte er zum Telefon gegriffen. Er hatte sie gefragt, ob sie morgen im Algonquin mit ihm zu Mittag essen würde. Sie hatte geantwortet, daß sie käme, aber unter einer Bedingung – daß Millicent auch da sein würde. Und würde sie sie morgen früh sofort anrufen und das Treffen bestätigen?

»Was – ich bin nicht interessiert? Natürlich bin ich interessiert, Percy!« – und seine Stimme verriet ihr genau den nervlichen Zustand, in dem er sich befand, und sie gab ihrem Gesicht einen Ausdruck, der sowohl Langmut als auch Aufregung sein konnte, legte sich in die Kissen zurück, schloß die Augen, den Telefonhörer ans Ohr geklemmt.

Er konnte nicht anders, er machte sich große Sorgen. Er war beinahe verrückt vor Kummer. Was hatte Bridgets Schweigen im Zusammenhang mit der kleinen Beatrice zu bedeuten? Etwas Merkwürdiges lag darin – Unheimliches. Die van Mandestadts würden das Kind entführen. Das war seine Theorie. Und Millicent dürfe nicht vergessen, die kleine Beatrice war zu einem Viertel jüdisch. Das müsse sie bedenken. Sei sie zu irgendwelchen Schlußfolgerungen gelangt?

Nein, zu keinen? Sie müsse versprechen, ihm beim Essen morgen dabei behilflich zu sein, dem Geheimnis auf den Grund zu kommen. Gemeinsam würden sie es ihr entlocken. Ihr Schweigen zu dem Thema war eigenartig. Bestimmt ließe sich etwas finden, das sie tun könnten, um dem armen Kind in seinem Unglück zu helfen.

»Was – du sagst, ich wolle nicht kommen? Sei nicht kindisch, Percy. Ich werde Punkt eins dort sein. Ja, ich werde Bridget anrufen.« Sie legte auf, und zwar, wie sie zugeben mußte, sehr abrupt.

Von wo aus, fragte sie sich, hatte er telefoniert?

Aus seiner Lieblingsbar, seinem Club, seiner Wohnung? Auf jeden Fall hatte er eine Menge getrunken. Sie hatte ihn zweifellos beleidigt – so wie sie aufgelegt oder ihm praktisch das Wort abgeschnitten hatte. Er hatte vorgehabt, sich stundenlang mit ihr zu unterhalten. Sie quälte sich mit den unterschiedlichsten Fragen.

Nur selten fertigte sie ihn ab, wenn er sich vertrauensvoll an sie wandte. Es gefiel ihr, wenn er ihr zeigte, daß er sie brauchte. Und jetzt, wo es so schien, als wolle seine leidenschaftliche Beziehung zu Bridget in einer Katastrophe enden, und er von ihr Hilfe und Rat erbat, was er zweifellos tun würde, wieviel von sich war sie bereit ihm zu geben; und wäre sie in der Lage, wenn sie es versuchen würde, ihn wieder zusammenzuflicken? Könnte sie einen heilen, ganzen Mann aus Percy Jones machen?

Sie wußte es nicht. Sie wußte es beim besten Willen nicht.

Er war mit Leib und Seele dabei. Und daß er sich derart verbissen an seine Vorstellungen von Bridgets Tochter klammerte, gehörte natürlich auch zu seiner absurden romantischen Schwärmerei. Natürlich, sie war eine kleine Komposition seines eigenen Herzens, eine Art unsichtbare Kraft, die in seinem Interesse arbeitete, auf Bridgets Hingabe an sie zählte, alle möglichen Situationen erfand – eine Reise nach Europa, um sie zu retten, und gerade im rechten Augenblick.

Wie viele seiner blinden Vernarrtheiten hatte sie miterlebt, seine schreckliche Ehe und all die anderen Katastrophen; und diese aufreibende Beständigkeit, mit der es ihm jedesmal das Herz brach, er so unnötig litt. Welche Gabe zum Leiden er besaß, die ihm tatsächlich einen Hauch von Lächerlichkeit verlieh – jedesmal tappte er in die gleiche Falle, verliebte er sich in die gleichen wunderschönen Geschöpfe, die so unerreichbar für ihn blieben wie Sterne am Himmel, während er ihre Feinsinnigkeit und den schillernden Facettenreichtum anbetete – denn niemals verliebte er sich nur in ein hübsches Gesicht – er brauchte das Außergewöhnliche, eine Persönlichkeit. Aber jedesmal wollte er, daß sie erstarrten gemäß der eigenen Vorstellungen, die er sich von ihnen zurechtlegte – »bleib so, Liebste, und laß mich weitermachen und die schöne Geschichte zu

Ende schreiben« – jedesmal brannte er auf einen extravaganten Liebesdienst, sie in jeder Notlage mit allen Kostbarkeiten seiner Seele zu überschütten. Und alle waren so viel jünger und alle waren in romantische Liebeleien verstrickt.

Das gegenwärtige Dilemma glich all den anderen vorher, abgesehen davon natürlich, daß Bridget unvergleichlich war und daß er so viel leidenschaftlicher bei der Sache war und mit entsprechender Intensität für alles bezahlen mußte, und darüber hinaus, daß er dieses irgendwie neuartige Benehmen an den Tag legte und seiner Misere auf diese ungewohnte und, wie sie fand, höchst unvorteilhafte Art und Weise begegnete. Man brauchte sich ihn nur anzusehen – diese Knicke und Kniffe, diese kleinen Falten um seinen Mund, diese mürrischen Wangen, die allgemeine Mattigkeit und Schlaffheit seines Ausdrucks – alles forderte das Schicksal heraus, ihn zugrunde zu richten, dennoch schien er entschlossen, dem Schicksal diesmal zuvorzukommen, seine üblichen Streiche und Possen zu durchkreuzen; und immer diese Munterkeit und Ausgelassenheit – eine überbetonte Selbstbewußtheit, eine Art Kühnheit und Verwegenheit, die so ganz und gar nicht zu seinem Charakter paßte; und seine Trinkerei, sogar noch mehr als sonst – man sah ihn praktisch nicht anders als mit einem Glas in der Hand, und dann versuchte er, sich in diesen naiven Träumen von sich als ihrem Beschützer zu verlieren, der ihr Kind aus Europa zurückholte (einfach fixiert auf das kleine Mädchen), und sein unverhohlener Schmerz und Kummer über ihre Geschichte; die Symptome waren alle da; sie waren nicht mißzuverstehen. Eine Krise stand bevor.

Und danach dann, und alles wieder wie gehabt, die üblichen Analysen, die in wahre Orgien ausarteten, wenn er über sich selbst herfiel, sich selbst zerfleischte. Und schließlich, wenn sein Elend irgendwie aufgebraucht war, sein Vertrauen in sie, was jedesmal kam, daß sie nicht ihm die Schuld zuweisen, sondern ihn mit ihrem Verständnis besänftigen würde, ihrem allgemeinen Mitleid mit dem armen, irrationalen Herz des Menschen – seine Bereitschaft, gerade die Dramen neu zu inszenieren, die sein Glück zerstören – und diese seltsame Stärkung ihrer Liebesbande, empfänglich, wie sie für seine Männlichkeit war und dafür, daß er sie brauchte. Und die Frage, die diesmal ein für allemal entschieden werden würde. Würde sie, sollte sie, und wollte Percy wirklich, daß sie ihn heiratete? Bei diesen Gelegenheiten war er sich jedesmal vollkommen sicher.

Aber wollte er das, wollte er das wirklich?

Was Percy brauchte, war eine Mutter, jemand, der immer Verständnis für ihn bereithielt, Rat, Hilfe, Mitleid, jemand, der ihm Mut zusprach. Diese Rolle hatte sie zu lange und zu gut gespielt. Und machten sich bei ihm die ersten Anzeichen einer Krankheit bemerkbar, für die es keine Arznei gab? Könnte sie einen heilen, ganzen Mann aus Percy machen, wenn sie ihn heiratete?

Sie wußte es nicht; sie wußte es beim besten Willen nicht.

Irgendwie war es ihr bisher gelungen, den persönlichen Verstrickungen zu entgehen. Etwas – diese Tendenz in ihr, das Leben anderer Menschen tief in ihrem Innern Wurzeln schlagen zu lassen – es war Teil ihres eigenen Wachstums und inneren Blühens geworden, diese Erfahrung, Ersatz für andere zu sein, war genug, war mehr als genug. Eigenartig – dieses Gefühl, ganz auf eine strenge innere Suche konzentriert zu sein, aber dennoch nie ohne abgrundtiefe Trauer über den eigenen kläglichen Anteil am Leben – diesem wirklichen, warmen, diesem menschlichen Geschäft des Lebens aus Fleisch und Blut, durch das das eigene Geschlecht mit allen irdischen Nöten und sichtbaren Belohnungen gekrönt wird.

Und hier also war sie – sich an den Seilen festklammernd – nach den Ringen greifend.

Die Türme drängten sich um sie – Fensterreihe um Fensterreihe erleuchtet, jetzt langsam dämmrig, dunkel, und sie schwebte dazwischen in der sanften Frühlingsnacht dahin. Sie schien sich zu heben und zu senken.

Und waren diese Flügel an ihren Fußfesseln befestigt oder wie Engelsflügel an ihren Armen, denn sie flog ja, sacht, ohne daß ein Windstoß sie erhob, schwebte sie über der schönsten Stadt der Welt, die anscheinend unter ihr lag wie ein herausgeputzter Garten, sonnenbeschienen und weitläufig und voller Grün, Wolken stießen zusammen, platzten, entstanden neu, breiteten ihren Schimmer wie von Perlmutt und Mondstein über alles, Kastanienbäume – grüne, weiße, karmesinrote Federn wehten undeutlich umher zwischen Wolken und Schatten, auch Flieder und Glyzinie; und alle Baudenkmäler in angemessenen Abständen – die Tuilerien auf der einen Seite des Flusses und der Luxembourg auf der anderen und (offensichtlich genau an der richtigen Stelle) die Place de la Concorde mit dem aufsteigenden Strahl und den zerstäubenden Pyramiden.

Und saß dort nicht Bridget zwischen den Blumen, den Springbrunnen, der künstlichen Beleuchtung, angetan mit den schönen Kleidern des Frühlings?

Nein, das hier war weder Paris noch Flushing Meadow. Das hier war New York. Sie war hier, in ihrem eigenen Bett. Hitler hatte Österreich besetzt. Er war ins Sudetenland eingedrungen. Chamberlain hatte uns Frieden angeboten. Und sollte sie morgen zu der Lenny Weeds Cocktailparty gehen? Sollte sie ihren neuen Frühlingshut tragen? Die Schleppkähne woben ihre Flußsymphonien. Motorfahrzeuge hupten. Ein Taxi brauste durch die Straße. Ein Flugzeug flog vorüber.

DREI

Träumte sie oder hing sie einer Erinnerung nach, fragte sich Millicent, während sie die bequeme Matratze unter sich spürte – und gleichzeitig wahrnahm, daß das morgendliche Sonnenlicht das Zimmer füllte und die Stadt vergoldete, alles in amethystblaue Frühlingsnebel gehüllt, hörte sie die Schleppkähne auf dem East River und tief unten das Tosen und Toben der Stadt, und während sie betäubt und benommen versuchte, sich zu orientieren, fiel sie, sank sie, stürzte sie noch tiefer in ihren Traum, und während ihr Zeit und Ort entschwanden und sie, wenn auch nicht gänzlich körperlos, auf einer Wolke dahin schwebte, die es möglich machte, daß sich die Szenerie erweiterte und ihre körperliche Verfassung genauso, sah sie ein Gesicht, das eindeutig zu Christopher Henderson gehörte, der sich aus einem Giebelfenster lehnte, das sich mit seinen Schornsteinen, seinen unregelmäßigen Dächern vervielfältigte und ein ganzes Spektrum an Straßen, Klängen und Gerüchen hervorzauberte, und alles getränkt in Vergnügen und Genuß, so daß sie immer klarer und deutlicher erkannte, daß sie hier in London war, mit Christopher, der einen Sonnenhut trug und eine Pfeife rauchte, gefertigt aus dem Strunk eines Maiskolbens, und der jetzt aus seinem Dachfenster nach ihr rief; und obwohl sie eindeutig draußen stand und die Straßen Londons um sich herum fühlte, das Geklapper von Pferdehufen auf den Pflastersteinen hörte, den Geruch von Nebel, von Kännelkohle einsog und patschnasse Gehwege spürte, so daß sie gleichzeitig in einem wunderschönen georgianischen Raum, umgeben von vielen Büchern und Portraits an den Wänden, und Christopher selbst am Feuer, der immer noch nach ihr rief, und während seine Stimme lauter und immer lauter wurde, verschwand London in weiter und immer weiterer Ferne, bis sie schließlich in einem weiten Feld zu stehen schien, aus dem Vögel aufstiegen und wieder ins Gras hinunterflogen, und während sie kleine Haufen der frisch gemähten Wiese auseinanderklaubte, suchte sie nach Margeriten, Kornblumen und Klatschmohn, hin und wieder bückte sie sich und pflückte sie, um sie zu Girlanden zu flechten, und zur gleichen Zeit beobachtete sie die Prozession großer weißer Wolken, die über ihr am Himmel vorüberzog – marmorne Wolken, in denen sie den Kopf Michelangelos entdeckte und die wunderschönen Umrisse eines kleinen Widders, der gegen den Wind anlief, und weiße Engel, die in ihre Trompeten bliesen, und plötzlich Jehova, riesengroß, der auf dem blauen Wasser des Sommernachmittags dahin schwebte. Und dann war sie da, halb auf der himmlischen Wiese, wo sie Kornblumen, Margeriten und Klatschmohn zusammensuchte, und halb in dieser faszinierenden Umgebung – London – mit Christopher, der jetzt zu der Wolkenprozession gehörte, jetzt aus dem oberen Stockwerk dieses georgianischen Hauses blickte, jetzt in dem Sessel am lodernden Feuer saß, und sein Pfeifenqualm störte den Wiesenduft, während sie an die Oberfläche trieb, sank, fiel, erneut dahintrieb und schließlich auftauchte und sich wiederum auf ihrer bequemen Matratze fand, sich umsah und dachte: »War es der Traum oder war es die Erinnerung?«

Das hier war ihr Zimmer, ihr Ausblick, waren ihre Türme und Wohnhäuser und Zacken und Zinnen.

Sie versuchte bewußt den Sprung aus der Welt des Traums in die Atmosphäre und Stimmung jener alten Erinnerungen zu schaffen, die auf so geheimnisvolle Art und Weise miteinander verflochten waren, und durchlebte erneut jenen romantischen, verwirrenden, schwierigen Besuch.

Und während sie mit den Underwoods wieder in Cornwall war, die Möwen schreien und die Wellen schlagen hörte, sich verfolgt fühlte von Erinnerungsbildern an das Meer (Ysoldes, Malorys, Tennysons Meer), es vor sich sah, herrlich marmoriert mit grünen und blauen und purpurnen Strudeln, die weißen Segel, die Schwingen der Möwen, die Kämme der Wellen, sie alle flogen auf und zerstoben im Blau, und die großen Kliffs, schaumbesprüht, die sich an der zerklüfteten Küste entlang zogen, füllte sich ihr Herz mit diesem ständigen Schmerz der Jugend, dieser Erwartung, Ruhelosigkeit; und dann dieses Gefühl, nie so ganz glauben zu können, daß sie selbst Teil des sozialen und menschlichen Schauspiels war, das sich in jenem großen romantischen Haus zutrug – darin, wie konnte es anders sein, trat sie selbstherrlich auf und spielte, so gut sie es vermochte, die wunderbare Rolle, in der sie sich plötzlich fand, und jeden Abend hatte sie sich fürs Essen umgezogen, und die jungen Männer waren fürs Wochenende aus London angereist und dann dieser unglaubliche Gedanke, von dem Claire und Hall Underwood besessen waren – daß Christopher Henderson, der sich vierzehn Tage bei ihnen aufhielt, vollkommen hingerissen von ihr war.

Sie wußte, leider, daß er das nicht war. Sie wußte, daß junge Männer niemals von ihr hingerissen waren und daß, so faszinierend sie sie auch fand, so sehr sie sich danach sehnte, hinreißend zu wirken, diese geheimnisvollen kleinen Netze, die um die meisten jungen Frauen gesponnen wurden, Fäden, so bebend, daß sie jedesmal das Zittern in der Luft spürte, wenn ein Mann und eine Frau damit begannen, sie ineinander zu verweben, daß diese niemals um sie gesponnen werden würden – irgend etwas fehlte, so sehr sie sich auch nach diesen köstlichen Momenten sehnte – diesem Geheimnis, das sie und jemanden des anderen Geschlechts umgarnen würde – sie war unfähig, die ersten zarten Bande zu knüpfen. Irgend etwas fehlte – und dann alles andere, wie schwierig es war, die Fiktion aufrecht zu erhalten, daß Christopher Henderson verschossen in sie war, auch wenn Claire und Hall Underwood das so sahen und emsig daran arbeiteten, sie zu einem Paar zu machen, indem sie Christopher, sobald sie ihn für sich allein hatten, erzählten, wie klug, wie absolut ungewöhnlich sie war, wobei sie sowohl ihr Einkommen als auch ihren

Charme maßlos übertrieben und besondere Betonung auf ihre familiäre Ungebundenheit legten – kurz, sie als eine vollkommene glänzende Partie darstellten; und aus derselben Absicht heraus nahmen sie sie beiseite und erzählten ihr alles über ihn, seine Familie, seine interessanten Freunde, seine exklusiven Clubs – den großen Erfolg seines ersten bemerkenswerten Romans.

Sie hatte den Roman natürlich gelesen, und zwar ohne große Begeisterung; aber er, Christopher, hatte ihr gefallen, hatte ziemlichen Eindruck auf sie gemacht, und das ganze Vorhaben, das mußte sie zugeben, hielt eine unaussprechliche Faszination für sie bereit – ein Leben in England mit all diesen bemerkenswerten Freunden. Der Gedanke, daß sie ihn heiraten würde, verließ sie in der Tat nur selten. Jeden Abend, bevor sie einschlief, versah sie sich mit seinem Namen auf ewig – Mrs. Christopher Henderson – Millicent Henderson. Klang wirklich sehr gut. In ihrer Vorstellung sah sie sich nach London versetzt, um sich herum eine Gruppe lauter brillanter Menschen. Selbstverständlich würde sie ein Kind bekommen, sehr wahrscheinlich eine große Familie haben. Es schien in der Tat nichts zu geben, das diese Ehe nicht in sich als großes Geschenk enthalten würde, und ihr Vollzug erschien ihr nicht nur als die allerwünschenswerteste und aufregendste, sondern auch als die unvermeidlichste Sache von der ganzen Welt.

Trotzdem, je sicherer sie sich all dessen war, um so verlegener wurde sie in Christophers Gesellschaft. Er war ein schmucker junger Mann, vielleicht ein wenig leichtfertig, denn seine Bewegungen waren leicht und luftig, und er schritt auf Zehenspitzen dahin, außerdem besaß er die Angewohnheit, einen Satz so zu drehen, daß sie sich fast genötigt fühlte, über alles, was er sagte, zu lachen; und dies, da es sie zwang, selbst äußerst schlagfertig zu sein, die heimlichen Gedanken, die ihre Erregung nährten, weit hinter sich zu lassen (das Stelldichein mit Malory und Tennyson, dem Meer, den Wellen, den Klippen) und sie so sehr danach verlangte, ihrer Beziehung einen Hauch all dieser Schönheit zu verleihen, machte es extrem schwer, die ganze Sache am Leben zu erhalten – blieb ihr doch nichts anderes übrig, als Tag für Tag herumzusitzen, witzig und lustig und schlagfertig zu sein und immer darauf zu warten, daß er ihr einen Antrag machte.

Und dann eines Tages kam es, wie es kommen sollte, und er machte ihn – wenn man das einen Antrag nennen wollte. Da saßen sie, die beiden, am letzten Abend seines Besuchs, allein in dem langen Wohnzimmer, und das Meer hinter der Terrasse reichte bis in den Himmel, und die späte Nachmittagssonne beschien das Gras und die Blumen in den Beeten mit einem seltsam ernsten, klaren Licht, die Fenster offen und das Brechen der Wellen weit unten am Fuße der Klippen, keiner von beiden unternahm den Versuch, unterhaltsam zu sein, und die Stille, so ungewöhnlich zwischen ihnen, wuchs und wurde äußerst peinlich, und sie hatte sich entschlossen, sie auf keinen Fall zu brechen, und es schien ihr, als habe Christopher sich ebenso entschlossen; und dann, als sie vollkommen unerträglich geworden war, hatte Christopher sich plötzlich von seinem Stuhl erhoben, war zum Kamin gegangen, hatte die Asche aus seiner Pfeife geklopft, den Raum durchquert und in der Fensternische neben ihr gestanden, ihre Hand genommen und in verlegenem, aber sehr entschlossenem Ton zu ihr gesagt: »Miss Munroe – Millicent. Ich wünsche mir sehr, daß Sie meine Frau werden.«

Nachdem sie so lange darauf gewartet hatte und sich jetzt so erleichtert fühlte, so überaus bestrebt, ihm mit Dankbarkeit und aus vollstem Herzen zu antworten, so bereit, so ganz und gar beglückt, seinen Antrag anzunehmen, wie erstaunt war sie, wie grenzenlos unfähig, es wirklich zu glauben – daß sie ihre Hand zurückzog, daß sie sie auf die andere Hand legte, daß sie sagte, fast als könne sie nicht anders, als zwinge sie eine fremde Macht: »Wie gut von Ihnen, wie wirklich schön von Ihnen, Christopher – Mr. Henderson – daß Sie mich bitten, Ihre Frau zu werden. Aber nein, ich kann nicht. Ich weiß nicht einmal, warum, aber ich kann nicht, ich kann einfach nicht.« Er sah ziemlich verwundert aus – beleidigt; jedenfalls hatte er nicht darauf bestanden; er hatte sich mit einem Ruck umgedreht und den Raum verlassen, und sie hatte ihn seitdem, außer daß sie am selben Abend beim Essen neben ihm sitzen mußte, bis auf den heutigen Tag nie wieder gesehen.

Wunderlich war es sicherlich gewesen; aber wunderlich war ihr Verhalten oft – unberechenbar; und obwohl sie, vermutlich millionenfach oder häufiger, die außergewöhnliche Erwiderung auf das bereut hatte, was schließlich die beste Chance gewesen war, die das Leben ihr geboten hatte, um Erfüllung, Ehe, Familienbande zu finden, dennoch, auch wenn dieser Besuch so weit zurücklag, daß es schien, er sei ein Traum gewesen, auch wenn er in einer Zeit stattgefunden hatte, die von der gegenwärtigen so verschieden war, daß es ihr beinahe unmöglich vorkam, sie könne in ihr gelebt haben, und obwohl jenes junge Mädchen in seinen schleppenden Röcken, den großen romantischen, breitkrempigen Hüten, jenes Mädchen mit den großen romantischen Augen, dem jungen, hungrigen und erwartungsvollen Herzen ein Wesen war, so verschieden wie nur möglich von der Frau, die heute nacht hier lag und sich an es erinnerte, so war doch unzweifelhaft beiden diese wechselhafte Natur gemeinsam – Reflexe, die bei der Berührung gewisser Triebfedern unwandelbar einsetzten, diese wunderlichen Verweigerungen, Entscheidungen, Entsagungen, die sie so häufig entsetzt wahrgenommen hatte mit dem Gefühl, in den Fallstricken der eigenen Erfindungsgabe gefangen zu sein.

Aber was für ein seltsamer Traum – und gerade jetzt, wo sie innerlich so sehr mit Percy und Bridget beschäftigt war. Soweit sie wußte, hatte sie seit Jahren nicht an Christopher Henderson gedacht – ihn dort mit seinem Sonnenhut gesehen; wie er seine Pfeife rauchte, aus dem Giebelfenster hinaus lehnte, und wie sie ihm dann in den herrlichen Raum in dem georgianischen Haus gefolgt war und sich zuletzt in diesen himmlischen Gefilden wiederfand. Welch unvergleichliche Musik, welch süße Düfte erfüllten ihr

Herz, als sie sich an diesen letzten Teil ihres Traums erinnerte – diese Wolken und die Engel, die ihre Hörner bliesen, Jehovah in ihrer Mitte; und die kleinen Widder, die gegen den Wind anliefen, und alles so blau und so friedlich. Sehr geheimnisvoll, diese Unterwelt der Erinnerungen – und die Nacht, die morgendlichen Träume trieben ihr Spiel mit ihr, genauso wie das morgendliche Sonnenlicht sein Spiel mit den zahllosen ungenannten kleinen Tautröpfchen trieb, die an Blättern und Halmen hingen – sie umdrehten, aus diesem, aus jenem immer wieder neues Funkeln, neue Farben hervorlockten, immer wieder neue Brechungen in verwirrendem Wechselspiel – Strahlen ...

Vielleicht, wenn sie liegen bliebe und länger nachdächte, würde es ihr gelingen, etwas daraus zu machen – aus diesem Traum, dieser Erinnerung. Aber sie mußte aufstehen; sie mußte den Tag beginnen. Die Stadt erstrahlte bereits in morgendlicher Pracht – Nebel, Wärme, Sonnenschein, der helle, in die Luft aufgewirbelte Staub, alles glitzerte und glänzte und funkelte und flimmerte und strahlte feurig wie ein Opal; und es schien unmöglich, daß das Wetter weiterhin so schön bleiben könnte – ein Tag nach dem anderen, einer herrlicher als der andere.

Sie wollte Bridget anrufen, fiel ihr ein. Sie wollten mit Percy im Algonquin zu Mittag essen. Und vielleicht würde Bridget ihnen von der kleinen Beatrice erzählen – sehr wahrscheinlich nicht. Wie auch immer, niemals würde sie aufstehen, ohne den neuen Tag mit diesem Erwartungsgefühl, dieser Neugier, dieser Erregung zu begrüßen ...

VIER

Wenn sie sich für den alten Hut entschied, würde sie nach dem Essen nach Hause kommen; wenn sie sich für den neuen entschied, würde sie gleich danach zu der Lenny Weeds Cocktailparty gehen. Der erste war alt und schäbig, und der zweite, obwohl schick und modisch, stand ihr nicht, und ließ sie lächerlich aussehen. Aber wenn sie es auf einen Wettkampf mit Bridget anlegte, war es gleichgültig, welchen von beiden sie trug. Denn wer in der Welt, egal wie alt, wollte Bridget Konkurrenz machen?

Armes Mädchen! Am Telefon hatte sie recht gefaßt geklungen. Sie würde um eins im Algonquin sein. Wie nett von Percy, hatte sie gesagt, sie beide einzuladen. Wie sie es schaffte, inmitten ihrer großen Nöte so kühl und beherrscht zu bleiben, war ein tieferes Geheimnis. Weil sie sich nicht ergründen ließ, faszinierte Bridget einen immer wieder aufs neue. So deutlich ihre Worte auch waren, so geheimnisvoll blieben sie von Grund auf. Sie versuchte offensichtlich ernsthaft, bei der Wahrheit zu bleiben, wenn sie über sich sprach. Zumindest schien sie nie zu lügen. Und dennoch waren die Lügen, die man gewohnt war, so viel durchsichtiger als Bridgets täuschende Aufrichtigkeit.

Sie hatte, sagte sie, weiter keine neuen Nachrichten erhalten. Sie hatte nicht geschlafen. In wenigen Monaten würde sie völlig abgebrannt sein – ohne einen Pfennig; aber wenn es ganz schlimm käme, glaubte sie, auch damit fertig zu werden. Sie würde es nicht zulassen, daß sie in Panik geriet. Denk an die russischen Prinzessinnen; außerdem gab es Schneidereien; Putzmacher. Und abgesehen davon gab es immer noch Hollywood. Ihr Freund Northrop Eames (Bridget schien in jedem Winkel der Welt Leute zu kennen, die nur darauf warteten, für sie ihre Beziehungen spielen lassen zu dürfen, ihr Türen öffnen zu dürfen) hatte ihr gesagt, daß er ihr das nötige Geld leihen würde, sollte sie ernsthaft daran denken, ins Filmgeschäft einsteigen zu wollen. Wenn sie wirklich wolle, würde er alles auf sie setzen. Sie habe, glaubte sie, ein gewisses Talent in diese Richtung. Millicent hatte sie nie ihre kleinen Sketche aufführen gesehen? Sie wollte nicht eitel erscheinen; aber sie waren wirklich gut. Sie stellen, das hatte Northrop Eames erklärt, Beatrice Lillie in den Schatten – sehr ausgelassen, frech – satirisch; aber trotzdem hatten sie Tiefgang – Ernst. Wie auch immer, erst einmal mußte sie ihr Kind über den Ozean herbekommen – das war ihre vordringlichste Aufgabe.

Nein, sie würde den Hut vom letzten Jahr nicht tragen – zu wenig elegant, mit diesem verblichenen Kranz aus Mohn, Kornblumen und Weizen um die halbe Krempe. Sie schleuderte ihn aufs Bett und setzte den schicken auf, den modischen – dieses lächerliche kleine Gebilde, in dem sie nicht bloß albern und unvorteilhaft aussah, sondern, das durfte sie nicht vergessen, dazu verpflichtete, zu der Lenny Weeds Cocktailparty zu gehen, zu der sie überhaupt keine Lust hatte.

Und während sie sich plötzlich auf diese weite Wiese versetzt fühlte und Gras und Blumen einsammelte, während Christopher Henderson ihr aus dem Haus mit den Giebelfenstern zurief – und sie die Wellen an die Küste in Cornwall schlagen hörte und ihre eigene Stimme seinen Heiratsantrag ablehnen –, entschied sie sich für ein Paar Handschuhe, nahm ihr Portemonnaie, steckte ein Taschentuch ein, verließ ihre Wohnung, fuhr mit dem Aufzug nach unten, trat auf die Straße hinaus.

Der Morgen war noch schöner, als sie geglaubt hatte. Um diese Zeit des Jahres lag ein Duft in der Luft von New York; überall war er zu riechen – die Straßen frisch besprüht und ein Hauch von Fahrbahn, ein Hauch von Gehweg, eine Brise von der Bucht her, die einen leichten Seegeruch mit sich brachte, und, kaum zu glauben, dieser Anflug von Apfelblüte und Flieder, der von Long Island herüberschwebte, von New Jersey.

Und sieh dort! Sie blieb einen Moment lang stehen und genoß die Reihe kleiner Platanen. Die Blätter waren voll entfaltet; sie warfen schon Schatten auf den Gehweg; und während sie sie ansah, nicht die Blätter, sondern die Schatten zu ihren Füßen, überkam sie ein spontanes Gefühl – filmähnlich, ungreifbar spürte sie sie, nicht dort auf dem Gehweg, sondern in ihrem Herzen, spürte sie Schatten über Schatten gleiten, Schattenbild über Schattenbild, und dahinter die hymnischen Momente – Vogellieder, belaubte Bäume, blühende Wiesen, wehende Gräser – Musik, Duft, Rhythmus, als fände der festliche Auftritt des Frühlings, der für immer auf der Schwelle zum Sommer verharrte, in ihrem eigenen Innern statt, fähig zu unendlicher Erneuerung – immer weiter und weiter.

Und das Herz grämt sich, und das Herz erinnert sich
Und es springt auf die grüne Lichtung wie eine Hirschkuh –
Springt auf die grüne Lichtung und sucht Genesung
Vergessene Träume hinter dem erinnerten Traum,
Und Schattenbilder über Schattenbildern im Schatten –

Sie improvisierte, und die Worte schienen sie in ihren seltsamen Vorstellungen zu bestätigen, die sie auf Reisen durch ihre Träume – Erinnerungen – entwickelte. »Schattenbilder über Schattenbildern im Schatten«, sagte sie laut.

Aber in diesem Augenblick wäre sie beinahe von einem Taxi überfahren worden, und während ihre Knie zitterten und ihre Beine sie kaum zu tragen vermochten, entschied sie energisch, diese intensive Übung in Reim und Metrum – Worten – nicht fortzusetzen; denn sonst würde sie nie ohne Unfall ihr Ziel erreichen. Der Tag, der vor ihr lag, ließ so etwas nicht zu. Sie wollte sich die Wochenschau in einem Kino ansehen; sie wollte ins Algonquin; ja, sie hatte sich entschieden, sie ging nicht mehr nach Hause; sie wollte zu der Lenny Weeds Cocktailparty.

»Schattenbilder über Schattenbilder im Schatten« – und sie murmelte diese Worte, überquerte die Fifth Avenue, ging unter Ulmen am Park; und ach, was für ein Tag, wunderschön, ätherisch. Gesehen durch das zarte Spitzengewebe aus Blatt und Dunst und Blüte; alles – die Wege, die Straßen, die Rasenflächen, die Bäume, und dazwischen die Autos, die kurz aufblitzten, die lange Reihe hoher Hotels und Wohngebäude am südlichen Central Park, mit den Markisen, den Terrassen, den unregelmäßigen Dächern und Fassaden, alles war von einer leichten, einer luftigen Fröhlichkeit, als wolle es sich verneigen, lächeln und ins Blaue aufsteigen – die Fußgänger, die kleinen Menschengruppen, alles schwebte fort, wie Sträuße leuchtend bunter Blumen, die ziellos durcheinandergeworfen werden.

Sie blieb stehen und betrachtete General Sherman eingehend. Wie erschöpft er aussah auf seinem erschöpften Pferd; aber trotz all seiner Müdigkeit glich er einem erhabenen Sieger, und die Winde seines langen Ritts fegten sein Haar zurück, und die schweren Falten seines weiten Capes und der goldene Engel mit seiner goldenen offenen Hand stürzten vor ihm dahin. Umgeben von einem Halbkreis Platanen paßte er sich enorm würdevoll all den Wolkenkratzern um sich herum an. Sie blickte von dem goldenen General zu Pierres, zum Squibbs, und ein glücklicher Zufall aus Licht, aus Schatten, aus Tiefe und Masse baute vor ihren Augen eine äußerst kühne und herausfordernde Komposition, dachte sie träumerisch, jauchzend.

Gewöhnte man sich jemals an New York, fragte sie sich,

während sie die Avenue hinunterging – die Energie, die Kühnheit – die Überraschung! Die Stadt verzauberte einen einfach. Manchmal bewunderte man sie so, liebte sie so; und dann wiederum konnte man sie nicht genug hassen oder fürchten; man konnte sich nicht auf sie verlassen. Immer erschien sie einem unwirklich, nicht faßbar.

Und das hier jetzt! Denn nun stand sie dicht vor dem Rockefeller Center – folgte mit den Augen der überwältigenden Mittelsäule, folgte ihr nach oben bis in den Himmel. Ja, es gehörte zu den erstaunlichsten Gebäuden der Welt; es schoß so selbstverständlich in die Höhe, angetrieben wie eine Rakete, wie eine Fontäne direkt in den Himmel – himmelwärts hob es Herz und Auge – und außerdem setzte es die Füße in Bewegung, zog sie sicher wie ein Magnet an und die enge Seitenstraße hinunter zwischen den französischen und englischen Gebäuden, wo die roten Tulpen so hell in ihren Kästen flammten und Manships Delphine so akkurat ihre breiten Bahnen im silbernen Wasser ausmaßen; es schickte einen von einem Platz zum anderen und entließ einen nicht für eine Sekunde aus seiner Gewalt, man mußte diesem atemberaubenden Schuß ins Blaue folgen mit Herz, Auge, stehenbleiben und die Blumen bestaunen, Schaufenster ansehen, mit der Menge weitergehen, geschrumpft auf Zwergengröße, wie man war, leichten Fußes laufen, leicht, auf winzig kleinen Zwergenfüßchen.

Ja! Mr. Rockefellers Stadt traf das Authentische. Direkt hier mitten in der Stadt – eine Metropole innerhalb einer

Metropole – über der Erde, unter der Erde. Es wimmelte nur so vor Leben, Überfluß; diese unterirdischen, neonbeleuchteten Geschäfte, Arkaden, Kunstgalerien, Plätze, Theaterviertel, Restaurants, aus denen man ins Tageslicht emporstieg und sich dann noch immer im Neuen Jerusalem befand, und es standen einem weitere Geschäfte zur Verfügung – Theater, Plätze, Kunstgalerien, Lustgärten, Promenaden, Eislaufbahnen, Treppenfluchten, spielende Fontänen, Wasser speiende Delphine, blühende Blumen, Gärten mitten im Asphalt, Gärten in der Luft, und Bürogebäude an Bürogebäude, endlose Fensterreihen, an jeder Seite.

Diese Vorstellung, New York könne eines Tages aus einzelnen Städten nach diesem Muster bestehen! Einige der Gebäude, die es jetzt schon gab, würden selbstverständlich bleiben: das schöne New York Krankenhaus, das Medical Centre, St. Bartholomew's mitsamt der in die Luft strebenden Pracht drumherum – andere müßte man vielleicht auswählen. Aber das grundlegende Schema, der herrliche Plan, sollten diese geheimnisvoll grauen Städte in der Luft sein. Man sah sie direkt vor sich. Sie sollten in vernünftigen Abständen angeordnet sein – Stadtviertel, Wohnviertel – nach Osten und nach Westen hin – Städte, die für jeden Bezirk Büros, Banken, und Geschäfte und Theater, Kirchen, Kathedralen, Kunstgalerien boten – elegante Wohnstätten, mit Fenstern, die den Blick auf unvorstellbare Aussichten freigaben – North River, East River, die große Bucht, die Brücken und die Boote; und zwischen den

Städten gäbe es Gärten – viel Raum und freie Sicht, Bäume und grüne Wiesen und Licht und Schatten, Skulpturen, Aussichtspunkte, Vogelstimmen und Kinderlachen; es würde Musik geben, Männer und Frauen, Arm in Arm dahinschlendernd – nicht vorbeihetzend, wie es heutzutage geschah, müßig flanierend, die Parks, die Gärten genießend – im Bann der Städte. Es war möglich; alles war in dieser außergewöhnlichen Stadt möglich, die ständig zerstört und wieder aufgebaut wurde, und gewiß gab es viel, das man am liebsten für immer abgerissen sah. Aber diese Städte, diese geheimnisvoll grauen Städte, sie würden für immer bleiben.

Aber vielleicht hatte Percy recht, dachte sie, während sie ein niedliches kleines Kaninchenpaar, ein halbes Dutzend Fayence-Engel, eine Kewpie-Puppenpärchen aus rosa und blauem Porzellan betrachtete, Amerika hatte der Welt wenig mehr zu bieten als das Herz eines zehnjährigen Kindes – eines kleinen, alten, zehnjährigen Babies; denn es verlangte mehr als Jugend und Reichtum und Energie – immer Grenzen überschreiten, Horizont und Landstreifen hinter sich lassen – jenseits aller Horizonte – draußen in weiter Ferne, alles Große, Gigantische sehen. Es verlangte mehr als nur das – eine Vision war notwendig – Liebe. Und plötzlich kam ihr der schöne Vers der Offenbarung in den Sinn »Und der mit mir redete hatte ein Maß, ein goldenes Rohr, auf daß er die Stadt messe und ihre Tore und ihre Mauern«, sie sagte ihn so vor sich hin, sie verdichtete ihn zu einem eigenen Vers – »Gib mir ein goldenes Rohr in die

Hand« – dabei dachte sie an William Blake, ließ sich mit der Menge dahintreiben – ließ sich widerstandslos an das Geländer über der Eislauffläche ziehen.

Unter ihr zeigten ein paar Enthusiasten auf Rollschuhen ihr Können (Planken ersetzten jetzt das künstliche Eis) – führten Vorwärtssprünge aus, Rückwärtskurven, drehten ihre Runden; vor ihr breiteten sich die massiven grauen Gebäude mit verschiedenen Ebenen und Terrassen ebenmäßig um die große zentrale Säule, die nach wie vor ihren besonderen Reiz für sie hatte und ihre Augen auf sich zog, ihr Herz. Sie schlenderte mit dem Strom der übrigen Zuschauer weiter. Die Sonne war herrlich heiß; unzählige Tulpen blühten in prächtigen Reihen rund um die Balustrade. Drüben auf der 49th Street drängte sich ein Verbrennungsmotor zwischen die Rhythmen ihres Körpers, unterbrach die Rhythmen ihrer Gedanken; all die kleinen Zwerge schienen auf ihren Zwergenfüßchen die Stufen hinunter zu gleiten, zu rutschen – über die Gehwege, über die Straße.

Plötzlich überkam sie das intensive Gefühl, mit den Menschenmassen um sich herum eins zu sein, und danach, als gehörte ein größerer Zusammenschluß zu diesem Gefühl, mit allen Menschen dieser Welt vereint zu sein. Dieses Gefühl, eins zu sein, gleich zu sein, war, das wußte sie, für viele Menschen heutzutage eine nicht ungewöhnliche Erfahrung. Es war wahrscheinlich genau das, was Paulus meinte, als er davon sprach, daß wir alle Glieder eines Körpers sind; nur heutzutage, wie viel erschreckender, wie viel augenscheinlicher die Gewißheit, daß wir alle Glieder nicht nur eines Körpers, sondern einer Seele waren.

Das genau war unser modernes Dilemma, daß ein einzelner die Vielen in sich aufnahm, daß sich die Welt einem derart gewaltsam in die Brust drängte – wenn man zur Wochenschau ging, den Stimmen aus allen vier Winkeln der Erde zuhörte – unterschiedslos an der physischen und geistigen Tragödie unseres Zeitalters teilnahm – im Zusammenhang mit dem Stolz, der Torheit und dem Verbrechen; und man bestieg Flugzeuge und Ozeandampfer und entstieg ihnen täglich, fast wie um die Welt zu verhöhnen. Es war einfach zuviel des Guten – zuviel Erfahrung, ein Gedanke, der zuviel Ehrfurcht gebot; aber da war es nun mal, übermannte uns manchmal, überwältigte uns ganz und gar – dieses Gefühl, eins zu sein – Verflechtung.

Nur wie dieses Gefühl zustande gekommen war, würde man vergeblich zu erklären versuchen; aber es war da, und es sah nicht so aus, als könnten wir ihm entkommen. Die russischen Romanciers waren vielleicht teilweise verantwortlich – Dostojewski hatte zu dem Dilemma beigetragen, und, bedachte man, daß man im Zeitalter Freuds lebte, sicherlich auch diese vielen seelenzerlegenden Romane, die wir lasen, die unseren Stolz bis aufs Mark aushöhlten, während wir diesen Prozeß aktiv begünstigten, in alle Höllenkreise hinabstiegen, alle Tiefen und Ebenen mitnahmen, die schrecklichen Gruben und Stufen; und dann emporstiegen, um plötzlich, wie Ariel losgelassen von unserem eigenen Herz, zu sehen – einen hellen Vogel, einen knospenden Zweig, eine Wolke, eine sich brechende Welle – und wir flogen mit Ariel in die Lüfte fort, ins Wunder und die Ekstase, solchen Höhen und Tiefen immer ausgesetzt, mit solcher Gewalt die Waagschale einfach rauf und runter gestoßen.

Denn war es nicht so, daß dieser Moment, dieser lebendige Moment hier – jetzt – viel schwerer mit einem Bewußtsein beladen war, als die Seele (denn sie nahm an, sie dachte an die Seele) jemals zu tragen aufgerufen war? War nicht der Angriff auf die sinnliche Empfänglichkeit eines jeden Menschen viel gewalttätiger geworden, und waren nicht Ausmaß und Vielfalt der Empfindungen, die gleichzeitig in einem und demselben Moment angegriffen wurden, ungeheuerlich gewachsen; und wenn die Seele überhaupt diesen Angriff auf ihre Fähigkeit zur immer wieder neuen Anpassung überleben wollte, wäre es dann nicht nötig, daß sie einen neuen Muskel entwickelte, oder zumindest, daß sie es lernte, Muskeln zu entwickeln, die bislang noch nicht ins Spiel gekommen waren?

Ein Muskel der Seele! Welch neuer Gedanke, welch aufregende Idee. Und warum eigentlich nicht, fragte sie, während sie an der Ecke 48th Street in die Seventh Avenue einbog und mit Feuereifer ihren Gedanken zu Ende brachte; warum eigentlich nicht? Der Prozeß des Lebens bestand sicherlich aus einer Reihe immer wieder neuer Anpassungen, und wenn er eine Molluske war, ein Affe? Aber jetzt kam sie von ihren tiefgründigen Überlegungen ab und dachte wahrscheinlich nichts als blanken Unsinn.

Und da stand sie an dem kleinen Glashäuschen vor dem Griffin Theater. Sie reichte der Wasserstoffpuppe in ihrem kleinen Käfig hinter der Glasscheibe einen Zehn-Dollar-Schein. Die Puppe nahm den Schein entgegen, blickte sie pfiffig an und gab ihr genau fünfundsiebzig Cents zurück. Ohne das gerissene Spiel auch nur im geringsten zu bemerken, steckte Millicent das Wechselgeld ein und marschierte durchs Foyer, zeigte dem Menschen an der Tür ihre Eintrittskarte und ging den langen Gang hinunter zum Parkett.

In dem Zelluloidzwielicht suchte sie nach einem Platz, und als sie einen entdeckte, der gerade frei wurde, hastete sie, begleitet von marschierenden Soldaten, die im Paradeschritt durch die Straßen Wiens zogen, den Mittelgang hinunter; und während sie den Anblick eines satanischen Gesichtes unter dem Schirm einer Militärkappe wahrnahm, ein Lächeln, ein Hohnlächeln, einen Teil von einem Schnurrbart, und während sie ein Gefühlsgemisch aus Verstörtheit, Neugier und Entsetzen empfand und »Entschuldigung, Entschuldigung bitte« murmelte, drängte sie sich an mehreren Knien vorbei zu ihrem Platz und, der Planet drehte sich um seine eigene Achse und um die Sonne, gab sich für eine Stunde einer höchst ungewöhnlichen Unterhaltung hin, reiste mit einer schwindelerregenden Geschwindigkeit durch Landschaften des Ohres und des Auges und der Vorstellungsgabe, die das zäheste Herz zerspringen lassen mußte.

Sie sah den Himmel über Chongqing und Flugzeuge, die

ihre Bomben auf die Stadt warfen, und die Einwohner der Stadt mit ihren Rikschas, ihren Babies, ihren Waren und ihrem Hab und Gut, die vor dem Terror, der vom Himmel kam, flohen. Sie sah eine biblische Landschaft, eine Wüstenlandschaft, die kahlen Hügel, die primitiven Wohnstätten und kleine Männer und Frauen, offenbar in ihre Nachtgewänder gehüllt, die vor dem Terror, der Tag und Nacht flog, flohen; und von ihrem gemütlichen Platz aus nahm sie wahr, wie in Spanien Städte in Schutt und Asche gelegt und inmitten all des Schutts, der Verwüstung, kleine Kinder im unschuldigen Spiel ermordet wurden. Sie sah Frauen, die, verrückt vor Trauer, die Toten beweinten; zerstörte Dörfer, schwelende Städte. Dann, sieh nur – plötzlich machte eine wunderschöne, halb geöffnete Rose (denn es schien, daß man am himmlischen und infernalischen Symbol in einem Atemzug teilnahm) mit einer wahrhaft göttlichen Geste eine tiefe Verbeugung –, entfaltete daraufhin leise und präzise ihre unvergleichlichen reinen Blütenblätter, legte eins über das andere, bis jeder zarte, dünne Staubfaden freilag und mit seinem göttlichen Pollenstaub an der Spitze vor ihren Augen bebte und zitterte.

Und jetzt, da sie sich in einem Zustand höchster Erregung befand, formten ihre Lippen die Worte –

Nur der Stern
Die Rose wohnen
In der Seele

Und es schien ihr, als habe die Erregung, die ihr Herz füllte, diese drei knappen Zeilen mit genügend Gefühl aufgeladen, um ein vollständiges, fehlerfreies kleines Gedicht auf ihre Lippen zu zaubern, ohne daß es sie weitere Anstrengung kosten würde; aber es war unmöglich fortzufahren. Die bildlichen Vorstellungen kamen sich wild ins Gehege – (»Die Taube ist geflogen aus ihrem Winkel – ins große Dunkel der Welt«). Sie drehte sich, innerlich aufgewühlt, wie sie war, zu ihren Nachbarn, die gleichgültig, teilnahmslos, mit recht gelangweilten, ausdruckslosen Gesichtern dasaßen. Dem Mann vor ihr war der Kopf auf die Brust gefallen, und er schnarchte laut und vernehmlich. Sie dachte an Rom, an die Tage von Caligula, die Tage von Nero-Heliogabulus. Ganz bestimmt waren die alten Römer nicht unmenschlicher, abgestumpfter in ihren Gefühlen als wir. Sie fanden nichts dabei, von ihren Plätzen aus zuzusehen, wie ihre christlichen Brüder den Löwen zum Fraß vorgeworfen wurden. Ja, natürlich. Aber wurden uns nicht die furchtbarsten aller Verbrechen, die entsetzlichsten aller Schmerzen aus all den schrecklichen Schauplätzen der bewohnbaren Erde gezeigt? Ihre Lippen formten die Zeilen:

»Schöne Kinder, zart wie Blumen
von Bomben getroffen im unschuldigen Spiel;
Aber mein Kolosseum ist ungleich größer
In einem Sessel sitze ich weich
Und sehe meine Christenbrüder
Den Löwen zum Fraß vorgeworfen.«

Und jetzt, denn sie schien weitere Naturwunder zu sehen – Wale, die, wenn man seinen Augen trauen konnte, in dem Wasser unter den Meeren schwebten; und ein Bild löste sich eilig in das nächste auf –

> *Wasserkopulation – Sport,*
> *Nie zuvor ausspioniert,*
> *Unter den Meeren vollzogen,*
> *Auf des Ozeans smaragdgrünem Grund;*
> *Seehunde auf einsamen Felsen sah ich,*
> *Schlangen und Jaguar im Kampf –*

Es war zutiefst aufwühlend, und dieses kleine Gedicht bewegte noch immer ihr Herz und wartete darauf, ausgesprochen zu werden. Sie schloß die Augen; klopfte mit den Fingern leicht in die Luft. Jetzt war sie sicher, es ganz zu haben; jetzt hatte sie es ganz verloren. Sie brauchte einen Bleistift. Sie mußte hinaus ins Foyer, wo sie die kurzen Zeilen zu Papier bringen könnte.

Und so, als das Programm einmal durchgelaufen war und Hitler aufrecht in seinem offenen Wagen stand und die Hand, die seine Handfläche wie den Atlas der Welt zur Schau stellte, zum Gruß hochhielt, bahnte sie sich ihren Weg zum Mittelgang und ging, begleitet von marschierenden Legionen, hinaus ins Foyer, wo sie sich auf die lange gepolsterte Bank an der Wand setzte.

Was, wenn sie keinen Bleistift hatte? Sie suchte nervös. Ja, Gott sei Dank, hier war einer. Und hier war die Rückseite eines Briefumschlages. Schnell, in einer beinahe unleserlichen Schrift, kritzelte sie die kurzen Zeilen hin:

Die Taube ist geflogen
Aus ihrem Winkel
Hinaus in die Nacht,
Der Seele großes Dunkel;

Das Herz zu klein,
Die Seele zu groß –
(Die Rose, die Taube,
Der Stern, sie wohnen
In der Seele –)

Aber das war kaum ein Gedicht – nur einzelne Fragmente; und wie war diese Zeile mit dem Olivenblatt, und etwas mit der unsäglichen Schriftrolle –

Oh, Bote –
Oh, Taube,
Wohin kannst du fliegen,
Oder gehen, dich zu verbergen –

War es Kummer oder Scham oder Stolz oder die unsägliche Schriftrolle? Sie steckte den Briefumschlag zurück in ihre Tasche, denn jetzt hatte sie keine Zeit, sich weiter damit zu befassen. Es war sehr spät. Sie nahm die Tasche in die Hand und eilte hinaus in die Hitze der glühenden Gehwege.

Die Uhr oben auf dem Paramount-Gebäude enthüllte die schreckliche Tatsache, daß es halb zwei war. Sie winkte ein Taxi heran, rief die Adresse, sprang hinein und sagte sich, während sie Platz nahm, immer wieder die Zeilen vor »Wasserkopulation – Sport... Aber mein Kolosseum... Seehunde auf einsamen Felsen sah ich – Schlange und Jaguar im Kampf... Schöne Kinder, zart wie Blumen... getötet im unschuldigen Spiel« – und während die Verse den Rhythmus des Motors und das schroffe Metrum ihrer Gedanken hervorhoben, stand sie plötzlich vor dem Algonquin.

Du lieber Himmel, waren sie schon da? Auf dem Gehweg suchte sie nervös nach ihrem Portemonnaie. Großer Gott, wo war denn dieser Zehn-Dollar-Schein? Soweit sie sah, besaß sie nicht mehr als fünfundsiebzig Cents. Sie erklärte es dem Fahrer ungefähr so; vor einer Stunde hatte sie noch einen Zehn-Dollar-Schein, jetzt besaß sie nur noch fünfundsiebzig Cents. Zerstreut gab sie sie ihm, und da in dieser Summe ein recht ansehnliches Trinkgeld enthalten war, sagte er, während er das Geld einsteckte, meine Dame, sie sei ein wenig verrückt im Kopf – »irre«, so drückte er sich aus und tippte sich dabei an die Stirn.

Das gestand sie ihm zu. Sie war zweifellos – irre im Kopf. Und damit, indem sie den Hut zurechtrückte und ihre verrückten Gedanken ordnete, ging sie ins Hotel, um mit Percy und Bridget zu Mittag zu essen.

FÜNF

Sie sah ihn, als sie eintrat, allein an einem kleinen Tischchen in der Lounge sitzen, die Hände vor sich übereinander gefaltet, den Kopf über vier leeren Cocktailgläsern hängend, und einen Kellner, der mit einem Tablett ankam, die Gläser entfernte und einen neuen Martini auf den Tisch stellte.

Sie wollte warten; sie wollte einen Moment der Konzentration für sich; sie wollte ihn ansehen. Armer Kerl, er hatte offensichtlich die Hoffnung, daß sie noch kommen würden, aufgegeben und ließ jetzt die Cocktails seine Enttäuschung kurieren. Tagträume, Vermischung von Wirklichkeit und Wunsch; sein aussichtsloses Unterfangen mit kleinen Schlucken nährend (war er beim fünften Martini?) schien er die ernüchternden Tatsachen mit romantischen Träumereien für sich zu verklären.

Aber hier, gerade als er seinen Martini ausgetrunken hatte, war Bridget, frisch und lächelnd – schöner denn je zuvor. Wer würde vermuten, daß sie eine schlaflose Nacht hinter sich hatte? Sie sah nicht so aus, als plagten sie Kummer und Sorgen. Und sie trug dieses herrliche blattgrüne Kleid, das einen an schattige Plätze und blaßgrüne Blätter denken ließ; dazu der kleine schwarze Hut, so schick und doch so unschuldig, der auf ihrem hübschen Kopf saß, wie Botticellis *Primavera* schien sie Knospen und Blüten auf ihren Weg zu streuen – ein Duft kam herüber – eine Brise wehte herüber.

»Oh«, sagte sie und küßte sie auf beide Wangen, »Millicent! Auch verspätet? Wie schön!« Aber sie dürfe nicht zulassen, daß Percys Zorn sich über ihr entlud; sie habe vor, sagte sie, die Schuld auf sich zu nehmen.

Na gut, das könne sie, sagte Millicent. Und gerade, als sie zu einem Kompliment über ihre Schönheit und den Erfolg des grünen Kleides ansetzen wollte, fand sie sich, als sie aufblickte, mitten in einer höchst verwirrenden und unerwarteten Situation, denn zwei sehr lebhafte, sehr prächtig gekleidete junge Männer, so schien es, hatten sich plötzlich zu ihnen gestellt und nahmen jetzt auf eine vollkommen natürliche und ganz ungezwungene Art teil an ihren Begrüßungsformeln. Sie kannte weder den einen noch den anderen, aber den älteren der beiden, der im Augenblick mit größter Herzlichkeit ihre Hand schüttelte, hatte sie schon einmal gesehen, und außerdem hatte sie von ihm gehört (und wer hatte das nicht, zählte er doch zu den vermögendsten Männern der ganzen Welt?). »Meine liebe Miss Munroe«, sagte er gerade. »Wie schön.«

Er käme, sagte er, soeben von einem Besuch bei seiner alten Tante Hortense Westbridge zurück, die die allercharmantesten, wirklich die *aller*charmantesten Dinge über sie erzählt habe; und sie erinnere sich doch sicherlich daran, die alte Dame neulich abend bei den Wingates getroffen zu haben? Und welch bemerkenswerte Person sie war – *bemerkenswert*.

Alles war ganz leicht und lustig, und bestimmt war Bridget, die bereits die bemerkenswerte Qualität von Tante Hortenses Persönlichkeit übernommen zu haben schien und durch Lächeln und Geste kundtat, daß sie bereit war, vorgestellt zu werden, die beide junge Männer mit ihrem Zauber bedachte und beiden zum Erfolg ihres Unternehmens Glückwünsche anbot, bestimmt war Bridget verantwortlich zu machen für das, was folgen würde. Denn, obwohl Millicent absolut keine Ahnung hatte, wer die Westbridges oder die Wingates waren, obwohl ihr vollkommen klar war, daß der junge Price sich ihr gegenüber eine Impertinenz, um nicht zu sagen, einen unverzeihlichen Fehler leistete – bestimmt hatte er gerade mit seinem Freund gewettet, daß er mühelos sein Ziel erreichen würde – obwohl sie all dieses wußte und fest entschlossen war, ihm die kalte Schulter zu zeigen, ihn augenblicklich in seine Schranken zu verweisen und ihm verstehen zu geben, daß sie weder ihn noch seine Tante noch die Wingates kannte, hier stand Bridget, fest entschlossen, mit allen Betroffenen eng befreundet zu sein, und hier stand sie selbst, und zu ihrem großen Entsetzen und Erstaunen bat sie jetzt sogar darum, den jungen Mann vorstellen zu dürfen; und nachdem dies erfolgreich beendet war, plauderten die vier denkbar unverbindlich und angenehm.

Sie war wütend – angewidert von sich selbst. Sie wäre am liebsten vor Selbstverachtung gestorben. Warum war sie immer so irrational, sagte nein, wenn sie eigentlich ja sagen wollte, und ja, wenn sie fest entschlossen gewesen war, nein zu sagen – ihr Verhalten stimmte nie mit ihrem Wollen überein. Sie war hoffnungslos. Und natürlich, Percy würde zu Recht aufgebracht gegen sie sein, denn man konnte nicht wissen, wie weit diese von sich selbst überzeugten jungen Männer gehen würden – womöglich würden sie uneingeladen an ihrem Mittagstisch erscheinen und Bridget für den Rest des Nachmittags mit Beschlag belegen.

Er hatte die kleine Szene mißtrauisch verfolgt und erhob sich jetzt, wie Millicent aus den Augenwinkeln sah – (bloß, wie betrunken, fragte sie sich, würden sie ihn antreffen?) – mit beträchtlichen Schwierigkeiten, während er aus seiner Tasche mehrere Geldscheine zog – eine Handvoll Kleingeld, das er zwischen den Cocktailgläsern und Zigarettenkippen auf dem Tisch liegen ließ. Nachdem er Halt gefunden hatte und sicher auf den Füßen stand, schien er genau zu wissen, was er vorhatte, und ging, ohne Zeit zu vergeuden, an die Ausführung seiner Pläne.

»Hallo, du Schöne!« sagte er, indem er herangestakst kam, Bridgets Hände in die seinen nahm und die beiden jungen Männer mit einer Ausschließlichkeit ignorierte, die Bridget nie zuwege gebracht hätte. »Wir gehen hier weg; ich lade euch woanders hin ein; kommt.«

Aber, bettelte Bridget – bitte; sie wäre gekommen, um die großen Berühmtheiten zu sehen; sie liebe das Algonquin – sie wolle nicht so hier weggerissen werden.

»Also, die einzige große Berühmtheit, die du heute zu sehen bekommst, bin ich, meine Schöne«, sagte er und wandte sich dem Ausgang zu, ohne sich auf weitere Erklärungen einzulassen. »Komm, Millicent, es wird spät.«

Bridget schien es nicht eilig zu haben, seinen Anweisungen zu folgen; sie setzte eine bedauernde Miene auf und blieb noch einen kleinen Moment mit den jungen Männern im Gespräch; sie würde, hörte Millicent sie sagen, nach dem Essen zu ihrer Schneiderin und von da aus weiter zu der Lenny Weeds Cocktailparty gehen. Würden sie vielleicht auch da sein? Es wäre nett, sie dort zu treffen.

Der junge Price kannte die Lenny Weeds nicht; aber er hätte nichts dagegen. Nichts wäre für ihn leichter, als sich ungeladen unter die Partygäste zu mischen. Er würde da sein.

»Wie nett«, sagte sie; sie lächelte; sie winkte.

Ob Percy dies alles mitbekommen hatte, vermochte Millicent nicht zu entscheiden, aber sie glaubte eher nicht, schien er doch ganz auf die Ausführung seiner eigenen Pläne konzentriert zu sein. Und als sie ihn beide auf dem Gehweg einholten, hatte er bereits ein Taxi organisiert. »Steigt ein«, befahl er gebieterisch, kletterte ihnen dann geduckt nach und gab dem Fahrer zu verstehen, wohin er sie mit welcher Geschwindigkeit fahren sollte.

Sie fuhren mit einem Tempo davon, das auf seine Entschlossenheit deutete, sofort einen Vorsprung vor den beiden jungen Männern zu haben, denn als Millicent den Hals reckte und aus dem Rückfenster des Wagens blickte, sah sie gerade noch, wie die zwei ein Taxi heranwinkten und in seinem Innern verschwanden, bevor es ihnen nachschoß wie ein von der Leine gelassener Greyhound.

Die Flucht war kindisch; ihr haftete etwas von dieser Qualität des ganz und gar Unwirklichen an, die einen so oft in New York begleitete; aber da das Leben nun einmal das war, was es im Augenblick war, nämlich eine Serie unzusammenhängender Ereignisse, schien sie niemanden zu beunruhigen oder die leichte, die spielerische Konversation zu unterbrechen, die sie betrieben. Niemand erwähnte das halsbrecherische Tempo, mit dem sie durch die Straßen rasten, niemand die beiden jungen Männer, die ihnen auf den Fersen waren, ging es doch darum, sie abzuhängen, hinter sich zu lassen und, wenn möglich, sich nicht von roten Ampeln aufhalten zu lassen, sondern die grünen auszunutzen. Sie fuhren plötzlich in die südliche Richtung, wichen in die westliche aus, bogen in die nördliche ab, schlugen in die östliche Richtung ein und entkamen wie bei diesen Verfolgungsjagden im Kino in jeder Kurve knapp dem Tod – die Frühlingshüte, die frischen Frühlingskleider, die Taxen, die Schaufenster, die leuchtenden Markisen, die Schaufensterdekorationen, die braunen Sandsteinfassaden, die Gehwege und Fußgänger, die flüchtig aufblitzten, verschwanden, sich auflösten in den langen Straßenfluchten; die Wolkenkratzer, die staubigen Sonnenstrahlen und die Streifen hellblauen Himmels, die sich in kaleidoskopischen Mustern um sie herum gruppierten, und es war ein einziges Wunder, daß sie nicht von einem Paar Verkehrspolizisten auf Motorrädern angehalten und auf der Stelle eingesperrt wurden.

Bridget zündete sich eine Zigarette an; sie wollte wissen, wo das Essen stattfinden würde; sie bettelte, in den Rainbow Room in die Tavern On The Green zu fahren.

»Nein«, sagte Percy.

Könnten sie dann zur Weltausstellung fahren? Sie würde so gerne die »Future Amara« sehen – die bittere Zukunft – »Futurama – Future Amara – ich verehre dich«, sang sie und warf ihren grimmigen kleinen Vers ausgelassen wie eine Handvoll Konfetti in die Luft.

»Nein«, erklärte Percy. Er hatte das Restaurant bereits bestimmt; er hatte vor, sie mit dem besten Seezungenfilet zu verwöhnen, das sie je gekostet hätte.

Worauf sie erwiderte, dann müsse er sie über den Atlantik bringen, denn in Amerika gäbe es keine Seezunge; Kabeljau könne man bekommen; Heilbutt oder Kabeljaufrikadellen könne man bekommen – aber keine Seezunge.

Oh ja, meine kleine B, beharrte er; sie würde auf der *Normandie* in einem kleinen, mit Seewasser gefüllten Becken herübergebracht und hier in New York frisch gehalten, damit sie sie in dem Restaurant, das er bestimmt hatte, in ihr hübsches kleines Mündchen stecken könnte.

»Die liebste *Normandie!*« Welches Ausmaß an Gunst ihr dieses Schiff doch immer gewährte; erst eine Hochzeitssuite und jetzt ein ganzes Becken voller Seezungen.

Der Fahrer drehte sich um. »Okay, Boss, wir sind sie los.« Das Taxi fuhr jetzt mit einem eher gemäßigten Tempo.

Percy gab die Richtung an; er wandte sich um. »Und jetzt, meine Schöne, sind wir soweit«, sagte er und legte Bridget mit einer Vorwärtsbeugung die Hand aufs Knie. »Hunger?« fragte er, und in seinem Gesicht lag der Blick eines Bettlers, der mit einem hingehaltenen Becher um Almosen fleht. Er gab sich den Bedürfnissen seines Herzens hin. »Gib mir, gib mir nur ein Fünkchen Hoffnung, daß du mich brauchst; gewähre mir einen Hauch, nur einen Hauch des Gefühls, daß ich es wert bin, dir zu helfen. Erzähle mir von der kleinen Beatrice«, das war die Quintessenz dessen, was er stumm zu sagen versuchte, und in seinem ganzen Ausdruck lag so viel unerfüllte Bewunderung und Hingabe und flehentliche Bitte, daß es Millicent unmöglich war, zu ihm hinzublicken.

Aber Bridget, offensichtlich eine Expertin im Umgang mit Bettelmönchen, die zweifellos ebenso wie Millicent genau verstand, was er zu sagen versuchte, nahm seine Hand, und ohne die Ebene der Leichtigkeit und Frivolität, auf der ihr Abenteuer begonnen hatte, zu verlassen, legte sie sie zurück auf sein Knie, blickte aus dem Fenster auf das Chrysler Gebäude (denn sie glitten jetzt die Autospur der Third Avenue entlang) und fragte, wie jemand nur auf diese Idee gekommen sein könnte – auf die Spitze des Wolkenkratzers eine Dame im Reifrock zu setzen, die einen Eiszapfen auf ihrer Nase balancierte; woraufhin sie ein selbst erfundenes Spiel vorschlug – »Woran erinnern sie dich?«

Woran, fragte Percy, erinnere *sie* das Empire State?

Sie ermahnte ihn; er dürfe nicht so eindeutig sein. Jeder kenne diesen Gentleman. Aber ernsthaft, hatten sie sich das Gebäude jemals von der Eighth Avenue durch die 49th oder die 43th Street hindurch angesehen? Von dort aus war es wahnsinnig – ein hochaufgeschossener Kreuzfahrer auf einem großen Pferd, mit offenem Visier, der Schwarze Ritter – Richard Löwenherz.

Sie war unvergleichlich – unvergleichlich, sagte er; aber sie spielte unfair; sie kannte das Spiel bereits; sie kannte alle Antworten.

Na ja, das stimmte, gab sie zu; aber würden sie erraten können, welchen Namen sie der wunderbaren, der unglaublichen Mittelsäule am Rockefeller Center gegeben hatte?

Nein, unmöglich.

Na ja; sie hoffe, sie würden ihr beide zustimmen; er laute so – »Gib mir meine Pfeile der Sehnsucht«. Original William Blake.

»Kleine B, du bist unvergleichlich; du bist einsame Spitze«, und er beugte sich herüber und küßte sie, gerade, als sie mit den anderen Wagen die Spur verließen; denn sie waren abgebogen, sie hatten ihr Ziel erreicht – zwischen der 49th und 50th Street.

Oh, und sie sah sich zwischen den niedrigen Wohnhäusern um, den kleinen Geschäften, den erhöhten Fahrbahnen über ihrem Kopf – »Restaurant Chambord. Wie reizend.« Es erinnere sie an Paris.

Wo sich einem immer die Gelegenheit bot, ergänzte

Percy, die Third Avenue Züge zu genießen, wenn sie durchs Quartier Latin rasten.

»Genau, lieber Percy.«

Sich ganz der Stimmung extravaganter Ausgelassenheit hingebend, die so sehr seine stillen Herzensnöte (der Gedanke an die kleine Beatrice, der Gedanke an Wien) verleugnete, breitete er mit geräuschvollem Übermut, der ihn zu einer so komischen Figur machte, die Arme aus und geleitete sie bestimmt in das Restaurant. »Mir nach, ihr beiden«, rief er, »mir nach.«

Alles schien Bridget zu entzücken. Es könne, erklärte sie, überhaupt keinen Zweifel geben – die Kelche, die Weingläser, spiegelblank, das Tischleinen, schneeweiß gebleicht; und dieser Duft; sie sog die Luft ein, prüfte sie, nahm eine Kostprobe; ja, der Duft war echt. Sie könne ebensogut in Paris sein.

Das Kompliment und das dazugehörige Lächeln wurden augenblicklich vom Oberkellner in Besitz genommen, der, sich verbeugend um sie herumtänzelnd, nur zu gut um die elektrisierende Wirkung wußte, die ihr Auftritt auf jeden im Raum ausübte, und gewandt seine Rolle in dem Drama des Platzanweisens und Versorgens mit Wein- und Speisekarte spielte. Man konnte das Aufsehen, das sie erregte, geradezu hören. Ein Schweigen folgte; die Unterhaltung brach ab; Messer und Gabel wurden niedergelegt, Kaffeetassen blieben in der Luft hängen; alle starrten ungeniert, und ein alter Herr mit rotem Gesicht und den Augen eines Kabeljaus drehte den Kopf weit nach rechts und gönnte sich in aller Seelenruhe einige Minuten, um jedes Detail ihres Gesichts in sich aufzunehmen, ihren Hut, ihr Kleid, ihre ganze Figur, und es hätte gepaßt, wenn er ausgerufen hätte – Mein Gott, noch nie habe ich jemanden wie Sie gesehen – Sie sind die absolute Vollkommenheit.

Während sie die Weinkarte diskutierte, die Speisenfolge, und sich dabei ihrer sensationellen Wirkung durchaus bewußt war, mit jeder Faser auf jedes kleine Zittern in den Netzen reagierte, die sie spann, und mit großem Eifer ihre Fühler überallhin ausstreckte, legte sie ihre Hand leicht auf Percys Arm – und dabei bat sie ihn, eine wunderbare Mahlzeit nicht durch einen neuen Martini zu verderben; und als sie dank ihres Geschicks in diesen Dingen mit dem Oberkellner eine Partnerschaft erreicht hatte, die ihn zum Verfechter jeglicher Vorlieben machte, die sie äußern würde, bat sie im Namen aller um Aperitifs anstelle von Cocktails.

Aber Percy rebellierte; auch wenn der europäische Anteil gegen ihn Stellung bezogen hätte – und sie könne sich so viele Aperitifs bestellen wie sie nur wolle – ihm müsse sein Lieblingsgetränk erlaubt sein; und auch Milly, er wußte, was sie mochte. Ein trockener Martini für alle drei. Dieses Nippen und Genießen, Probieren und Schmecken – nur ja nichts in einem Zug leeren – sei in Amerika noch nicht kultiviert, wo man rasch zugriff, zupackte und runterkippte. Er sei für ein Glas auf die Schnelle – die sofortige Erleuchtung; denn das müsse die kleine B zugeben, sie, mit ihrem ständigen Probieren und Schmecken, habe etwas aufzuholen. Wie sollte er sie mit nur einem einzigen Glas Sherry, einem Pernod oder Porto einholen? Nein, nicht er. Nicht Millicent. Sie müsse gnädig mit ihnen sein.

Das Problem mit dem Glas auf die Schnelle wäre, sagte sie, der Knockout käme zu schnell; sie würde den Vorteil dieses ersten schönen Sprints vielleicht noch zugeben; aber was das dauernde Wettrennen anging, vielleicht ...

Recht habe sie; recht habe sie immer; aber sein Glas auf die Schnelle solle sie ihm lassen.

Und danach, würden sie es zu naiv von ihr finden, wenn sie eine Flasche Vouvray zu der Seezunge und dem Spargel bestelle? Sie kenne sich mit Jahrgängen und Daten und Spitzenweinen nicht aus – das würde sie dem Oberkellner überlassen; aber allein das Wort Vouvray erinnere sie an jenen Monat mit René auf dieser göttlichen kleinen Mittelmeerinsel; war einer von ihnen (sie schloß den Kellner mit ein) jemals dort gewesen – Isle de Port Cros? Jeden Abend hatten sie gemeinsam eine Flasche geleert – am Tisch bei offenem Fenster gesessen – mit Blick auf den kleinen Hafen, vollkommen in jedem Detail, der sanft geschwungene weiße Strand, die verstreuten Häuser, das prächtige Château Fort gegen den Himmel, den Mond, die ersten funkelnden Sterne, und langsam, lautlos, die Jachten, die Fischerboote, die sich in den Hafen schlichen ...

Der Kellner verbeugte sich. »Oui, Madame«, er kenne Port Cros, ein Paradies auf Erden; und er kenne auch genau ihre Wünsche – nicht zu süß und nicht zu trocken; er nahm einen Bleistift zu Hilfe. Ein beispielloser Jahrgang.

Und würden sie es sehr kindisch von ihr finden – denn sie wolle keine Vorspeisen oder Schildkrötensuppe oder geeiste Suppe –, wenn sie Honigmelone bestellen würde; genau die, die sie letzten Abend auf der Weltausstellung hatten? Sie gab dem Kellner eine genaue Beschreibung dieser Köstlichkeit.

Er versprach alles – die kleinen Silbersternchen, die exquisite Struktur, die Farbe – den Geschmack.

Und dann, wenn sie alle einverstanden wären, nach der märchenhaften Seezunge (sie hörte aufmerksam zu, während der Kellner von der Überfahrt auf der *Normandie* erzählte. Wie herrlich! In Salzwasser; sie hatte noch nie von so etwas gehört), könne sie römischen Salat mit französischem Dressing vorschlagen, einen köstlich reifen Camembert, dann Kaffee – Likör?

»Bon. Parfait.« Er würde den Salat persönlich mischen. Und er verschwand mit seinen Karten.

SECHS

Wenn sie entschlossen sein sollte, ihr Kind nicht zu erwähnen, was konnte Millicent dann daran ändern, auch wenn Percy ihr all diese düsteren Blicke und kummervollen Signale gab, sie mit dem Fuß unter dem Tisch anstieß? Diese Ausgelassenheit war nicht am richtigen Platz. Er wollte ihr zu verstehen geben, daß er nicht vorhatte, sie einfach so davonkommen zu lassen. Sie könne, mit ein bißchen Mühe, etwas *tun* – das Thema wechseln – irgendeinen Versuch unternehmen, ihn zu unterstützen. Die kleine Beatrice war in Wien. Und sie wußte so gut wie er, daß Bridget sich in einer äußersten Notlage befand. Sie saßen hier, um darüber etwas zu erfahren. Sie waren ihre Freunde; sie wollten ihr helfen. Es war sinnlos, so weiter zu machen.

Aber was *konnte* man denn tun, wenn Bridget alle Fäden in der Hand hatte, die Unterhaltung so geschickt in der Schwebe hielt, ihm die verschiedensten kleinen Privilegien der Schäkerei und des Flirts erlaubte – und dabei benutzte sie seine Hingabe als eine Art Sprungbrett für ihre kleineren Manöver – Leinen auswerfen, lockern, einzeln einholen? Man konnte ihr nicht die Hände an den Hals legen und sie zwingen, ihre charmanten Spielereien zu unterlassen und der kleinen Beatrice direkt ins Gesicht zu sehen, die (sie konnte es nicht leugnen, daß sie es ebensogut wie die beiden anderen wußte) über diesem festlichen Mahl wie ein Geist schwebte.

Nicht nur daß ihr das Flirten im Blut lag, daß in ihr Federn, Kolben, Antennen waren, die offensichtlich, ohne daß sie etwas dazu tat, kleine Wellen, Schwingungen, zarte Klänge auslösten, diese feineren Manöver beruhten auf einer breiten Basis an Erfahrung, einer Kenntnis menschlichen Verhaltens allgemein; und diese Kenntnis, Einsicht – dieser Ideenreichtum, verliehen einem in ihrer Gesellschaft nicht nur Freude am Leben, sondern zusätzlich Leichtigkeit, Beschwingtheit. Sie zwang einen mitzuspielen, alle offensichtlichen Bekundungen mit ihr zu teilen, die verräterischen Gesten, die geflüsterten Heimlichkeiten, so geschickt inszeniert, wenn sie ihre in der Luft schwebenden Botschaften empfing, entschlüsselte, aussandte.

Würden sie sich mal das Paar in der Ecke ansehen – den Mann, der sie mit gesenktem Blick verstohlen ansah, und die Frau in dem großen Hut? Er hatte mit ihr die Überfahrt auf dem Dampfer aus Batavia gemacht – ein internationaler Gangster, ein Falschspieler; er trug einen falschen Schnurrbart; seine Haare waren gefärbt. Sie machten das so schlau. Aber sie könne schwören, er war es. Er hatte sie auch erkannt. Spürten sie denn nicht diese Unruhe in der Luft – die Angst, die die Menschen voreinander hatten, das Mißtrauen, mit dem sie einander begegneten? Das Paar fixiere sie höchst unverschämt – geradezu herausfordernd.

Er erzähle jetzt der Dame im Hut von Batavia – dieser gemeinsamen Überfahrt – und erfinde fantastische Lügen.

Und Percy nahm ihre Hand und küßte sie verlegen. Sie überspanne den Bogen, sagte er – sie überspanne den Bogen so sehr – bewundernswerte kleine B.

Seht euch an, wie sie miteinander flüstern. Also wirklich, das müsse er zugeben – es gebe dieses Mißtrauen – feindliche Stimmung liege in der Luft. Sieh dir die Frau im Hut an.

Bestimmt eine Nazispionin – eine Hitchcockbetrügerin.

Nicht ganz ausgeschlossen; das Leben beginne, das Kino zu imitieren. Aber wenn sie etwas wollten, das einer kleinen Anton-Tschechow-Geschichte statt einem Hollywood-Thriller ähnelte, würden sie sich mal bitte den alten Herrn mit den Kabeljauaugen ansehen?

Wie bitte, fragte Percy – den mit den Stielaugen?

Ja, den mit den Stielaugen – den Esser. Würden sie sich mal ansehen, wie er sich seinem Essen widmete? Wenn sie so aßen, konnte es nur eine Erklärung geben.

»Und welche wäre das?« fragte Percy.

Daß sie ihr Glück bei den Damen verspielt hätten; ihr Glück im Leben verspielt hätten – kurzum; es bliebe ihnen nur noch das Essen.

Aber warum stiere der alte Kabeljau dann? Warum pflegte er seinen Schnurrbart?

Das, sagte sie, sei die kleine Tschechow-Geschichte. Jeder müsse mit einem gewissen Bild von sich selbst leben. Und wer könne das Bild eines Schweins ertragen? Dieser alte Herr lebe ganz allein in einem trübseligen Hotelzimmer. Wenn er sich dort aufhielte, verbringe er den größeren Teil seiner Zeit damit, vor dem Spiegel seinen Schnurrbart zu pflegen und seine Posen einzuüben, die er zur Betörung der Damen brauche. Worauf er sich aber in Wirklichkeit vorbereite, und zwar mit einer Gier, die Percy sich kaum würde vorstellen können, war sein Rendezvous mit der gebratenen Ente, dem Hummer Thermidor, den Crêpes Suzettes. Seht ihn euch nur an.

Der alte Mann aß mit einem Heißhunger, der jeder Beschreibung spottete, stopfte sich den Mund voll mit Hummer, wischte sich durchs Gesicht – rief dem Kellner zu, er solle ihm die Speisekarte bringen.

»Da«, sagte sie triumphierend, »er will noch mehr Hummer. Wie er sich schämt, daß wir das beobachtet haben.« Und sie wandte sich schnell ab.

Und wenn sich eine günstige Gelegenheit böte, würde Percy sich mal zu der Frau umdrehen, die ihr auf geradezu unverschämte Art und Weise ihre Liebe anbot? Oh nein – nicht diese alte Jungfer in Schneiderkostüm und Hut mit dem unsicheren, unangenehmen, männlichen Auftreten; sie war nichts weiter als eine andere Tschechow-Geschichte, sehr bemitleidenswert und gehemmt – die hübsche Junge in dem Rüschenkleid, die mit den großen, klaren Augen. Außerdem, dieser ältere Herr dort mache dem jungen Kerl direkt hinter ihr höchst unziemliche Angebote; er tue so, als flirte er mit ihr, aber das stimme gar nicht; er benutze sie nur als Vorwand, um seinen eigentlich wichtigen Kontakt zu knüpfen.

Habe sie, fragte Percy, ihre Augen in den Schulterblättern?

Ja; das müsse sie zugeben; sie sehe alles; sie habe Argusaugen. Und dann (war es, weil sie wußte, daß Percys Aufmerksamkeit nachließ und daß sie sofort ihre Taktik ändern oder ein neues Thema anschlagen mußte, wenn sie nicht auf der Stelle mit dem Geist der kleinen Beatrice konfrontiert werden wollte) wurde sie plötzlich nachdenklich, hatte die Ebene, auf die sie sie so umsichtig eingestimmt hatte, verlassen und sagte langsam, als sei sie unsicher, ob sie sich würde verständlich machen können, daß es etwas ganz Sonderbares sei. Sie hätten vielleicht auch schon die Erfahrung gemacht, aber darauf liefe alles hinaus.

Sie sei während ihres kurzen Erdendaseins zwei vollkommen unterschiedliche Geschöpfe gewesen, und eines davon sei das Wesen, das sie vor, und das andere davon sei das Wesen, das sie nach der Lektüre von Marcel Proust gewesen war. Nein, wirklich; sie mache keinen Witz. Aus dieser Erfahrung sei sie in ihrer Sensibilität wunderbar bereichert, bestärkt, erneuert hervorgegangen – tatsächlich könne sie behaupten, sie sei mit einer ganz neuen Wahrnehmungsfähigkeit ausgestattet worden, die Seelenschwingungen anderer Menschen zu begreifen. Sie bringe dies alles recht ungeschickt vor, das sei ihr klar, aber sie frage sich so häufig, ob wir uns die Bedeutung Prousts auf unser Bewußtsein voneinander in genügendem Maße vor Augen führten, denn ob es uns nun gefiele oder nicht, wir könnten nun einmal nicht anders und müßten, wo immer wir auch gingen, diese ganz sonderbare Wahrnehmungsfähigkeit mit uns nehmen, die so akkurat tausend kleine Dinge aufgreife, die uns früher gar nicht bewußt gewesen seien, und ob sie sich über dieses empfindliche und präzise Instrument freuen solle oder nicht, habe sie nie entscheiden können. Und würden Percy und Millicent ihr bitte sagen, was ihre Meinung sei – das hieße, ob sie nicht meinten, sie erzähle lauter Unsinn? Freuten sie sich über dieses Instrument oder nicht?

Und dann, ohne auch nur einem von beiden die Möglichkeit einzuräumen, sich auf eine so unerwartete und komplizierte Frage eine Antwort zurechtzulegen – ließ sie alles in der Schwebe und schickte einen neuen Gedankenblitz zu der gegenwärtigen Frage los. Sie glaube nämlich, sagte sie, daß mit Proust der Roman seinen Höhepunkt und sein Ende erreicht habe. Welchen Zweck habe es, die Analyse weiterzutreiben; oder vielmehr, könne sie überhaupt noch weiter getrieben werden? Und wären wir nicht jetzt, da wir in uns selbst die Möglichkeit hätten, die bislang verborgenen Geheimnisse ans Licht zu bringen, nicht nur die unserer eigenen Gedanken, sondern auch die unserer Nachbarn, in der Lage, unsere kleinen Romane zu lesen – sie dem jeweiligen Augenblick zu entnehmen? Wäre es Handlung, was wir wollten? Für diese Art der Unterhaltung könnten wir ins Kino gehen – könnten wir eine Kriminalgeschichte lesen; was aber die unerschöpfliche Neugier auf die menschliche Psyche anginge, die schließlich den Kern unseres Bedürfnisses nach Romanen ausmache, hätte Proust sich nicht die Urheberrechte auf diesem Gebiet erworben – und uns die nötigen Mittel an die Hand gegeben und Wege gewiesen, unsere eigenen Entdeckungen zu machen? Was bliebe zukünftigen Romanschriftstellern noch übrig? Was um alles in der Welt bliebe ihnen noch übrig?

Also, nun mal langsam, unterbrach Percy, könne Bridget erwarten, daß er sich dieser Meinung anschloß? Höhepunkt und Ende des Romans! Wo bliebe er denn dann – und was wäre mit all den anderen amerikanischen Romanschriftstellern, die augenblicklich im Lande blühen und gedeihen würden?

Sie lachte ausgelassen; es liege, sagte sie, an ihrer himmelschreienden Gewohnheit, alles zu übertreiben, wenn sie ihre Argumente vorbringe. Er habe den Finger genau auf die Stelle gelegt, auf die es ihr ankomme. Schon lange habe sie sich gewünscht, mit ihm über den Unterschied zwischen dem amerikanischen und dem europäischen Roman zu debattieren. Was sie habe sagen wollen, sei lediglich folgendes, daß der europäische Roman, und stimme er ihr da nicht zu? – sein Ziel erreicht habe – den Kreislauf vollendet habe. Was gebe es denn noch zu sagen – (sie zuckte die Schultern und warf die Hände auf mit der für sie so typischen Geste) – das hieße, was könne der Roman denn noch sagen, wenn es um das Herz des Menschen ginge?

Aber auf den amerikanischen Roman – sie sah zu ihm auf, als erwarte sie, daß er ihre Aussage bestätigte – träfe das natürlich überhaupt nicht zu.

Sie habe damit zum Ausdruck bringen wollen, schlug er vor, jetzt ganz bei der Sache und ohne jeden Gedanken an die kleine Beatrice, daß wir nichts weiter zu tun hätten, als die guten alten Entdeckungen neu für uns lebendig werden zu lassen, wie dieses Eichhörnchen in dem Yeats-Gedicht, das in seinem Käfig ständig im Kreis herumläuft?

Also – es möge sich so angehört haben, das würde sie zugeben; aber was sie gemeint habe, sei folgendes. Amerikanische Romanschriftsteller wären noch nicht so weit, jedenfalls schiene ihr das so zu sein, daß sie die Natur des Menschen unter gleichen Bedingungen akzeptierten wie die Europäer sie akzeptierten. Die Europäer seien alt und weise und ohne Illusionen. Sie dokumentierten bereits seit Jahrhunderten das Herz des Menschen – kristallisierten seine Gesten. Ja, die europäische Literatur sei wie eine große Kathedrale, ihre Teufels- und Engelssymbole – die irdischen, die himmlischen Elemente – alles entfalte sie; man brauche nur die großen Meisterwerke zu lesen – alle Eigenschaften, alle Hierarchien des guten alten Herzens fänden endgültig ihre Nischen, ihren Platz, bis man am Ende nur noch sagen könne – Sieh da, die menschliche Familie – das menschliche Herz, seine Unschuld und Verworfenheit, seine Laster, seine Tugenden, seine Bedürfnisse, Sehnsüchte, Leidenschaften; und darüber hinaus, sieh da – seine unterirdischen Tiefen – die Gedanken, die hier unerkannt liegen; die Doppelzüngigkeit, die Durchtriebenheit, die verborgene, die sinnenfreudige Bildlichkeit – und außerdem, was man niemals vergessen dürfe, das

Bedürfnis nach Vergebung. ... Ja, man fühle sich an einen Priester erinnert, der den Rosenkranz bete und die vertrauten Eigenschaften aufzähle, die abgetragenen, griffigen – sie immer wieder herunterbete, die Litanei murmele.

»Ja, ja«, sagte er, »rede weiter, kleine B«, und er sah sie mit seinen lebhaft fragenden, seinen suchenden Augen an in der Hoffnung, da war Millicent ganz sicher, daß sie jetzt gleich etwas über sein Werk sagen würde – denn er nahm alles sehr persönlich.

Würde er sagen, fuhr sie fort – glaube er tatsächlich, daß die amerikanischen Romanschriftsteller schon so weit wären, dasselbe Phänomen zu feiern, dasselbe menschliche Herz? Ihr schiene es so, als versuchten sie ständig, es umzuformen, neu zu gestalten, und zwar nach einem Muster, dem sie es unbedingt angleichen wollten – oder vielleicht drücke sie das jetzt falsch herum aus, sie wären zu sehr damit beschäftigt, die Bedingungen zu schmähen, die ihm sein Muster, seine Form gegeben hätten, als daß sie ihren Blick auf seine bekannten Possen zu richten vermöchten. Würde er ihr zustimmen, daß amerikanische Romane nur selten die Tiefen eines Charakters ausloteten – beschäftigten sie sich nicht eher mit den Umständen, Orten – Epochen, Umfeldern? Sie brächten ihre ganze Erregung aus den Jahrzehnten mit – aus den Zwanzigern, aus den Dreißigern – aus Pittsburgh, Chicago, dem tiefen Süden – aus New York, Neuengland – und zwar mit einer Intensität, einem Kummer, einem Wehklagen und einer Liebe, die sicherlich sehr anrührend, sehr ernst gemeint sei. Amerikanische Romane hätten, meine sie, so viel glühenden Protest in sich – wie könne sie es nennen, eine morbide, beinahe neurotische Entschlossenheit, die Nerven blank zu legen – vielleicht sogar etwas Sadistisches, als hätten diese Schriftsteller selbst so entsetzlich gelitten, daß sie einem keinen Aspekt ihrer Agonie ersparen wollten; immer dieser Protest – mit einem so harten, reinen Oberflächenrealismus. Aber was den inneren, den geistigen Realismus beträfe, könne Percy ihn irgendwo entdecken, und zwar in dem Ausmaß, in dem er in Europa zu finden sei? Es schiene beinahe so, als habe der amerikanische Künstler plötzlich aufgehört, sich damit zu befassen – als ob er sich im Grunde davor scheue, weil er wahrscheinlich glaube, wenn er weiterhin auf der oberflächlichen Ebene schimpfe und schmähe, und wenn er dies nur lange und laut genug tue, daß er dann vielleicht ein neues, ein perfekteres menschliches Wesen in den Händen hielte.

Und dagegen, erklärte sie, habe sie auch nichts. »In Ordnung«, sagte sie.

Sie sei in ihren Gedanken so schnell, sagte Percy, daß man kaum mithalten könne; falls sie aber damit sagen wolle, daß amerikanische Romanschriftsteller im Grunde Moralisten seien, wäre er geneigt, ihr zuzustimmen.

Ja, natürlich, sicher doch, genau das sei es, und erfreut, daß er ihr so gründlich geholfen hatte, fuhr sie schnell fort – seht euch nur die Größten unter ihnen an – Melville, Hawthorne, Henry James – sie wandten sich immer mit moralischen Fragen an den Leser, gingen aber niemals so direkt an das arme menschliche Wesen heran, daß es einem angst mache – beschritten nie wirklich, wie zum Beispiel Dostojewski, die schrecklichen Labyrinthe, entdeckten nie mit dieser kalten, dieser peniblen Gründlichkeit seine soziale Unehrlichkeit, seine entsetzliche Dunkelheit, Einsamkeit und Furcht – könnten, da sie das alles niemals aufschrieben, auch nicht seinen seltsamen, seinen kathartischen Trost darin finden. Wer könne Henry James im Vergleich dazu ernsthaft einen guten Psychologen nennen? Er entwerfe seine Situationen mit einer beispiellosen Brillanz und Aufrichtigkeit; denn was er eigentlich tue, sei, der eigenen unschuldigen, empörten und aufrechten Antwort auf die ordinären, die brutalen, die materiellen Aspekte der Gesellschaft, die ihn so gründlich erregten, eine Stimme verleihen. (Er sei in der Tat ein wirklicher Gentleman.) Wenn man ihn aber mit Dostojewski vergleichen wolle, war er ein Kind, ein heiliges Unschuldslamm. Und sei Dostojewski nicht auf seine beherzte Art, die jedem genialen Künstler zu eigen sei, der als erster irgendwo anlange, der Wegbereiter für die moderne Psychologie, für Freud und die Erforschung des Unbewußten? Er sei der Reisende in der Wüste der Seele. Sei er nicht der erste, der vor uns die Landkarte, die entsetzliche Landschaft der Seele ausgebreitet habe, und das so überzeugend, so wahrhaft furchteinflößend – all ihre Reiche und Königreiche dem Blick freigegeben – dieses Königreich des Himmels, dieses Königreich der Hölle, das der Mensch in seinem eigenen Inneren erschaffe? Und die umwerfende Probe dieser Wahrheit sei schlicht und einfach diese – daß man niemals die anerkannten Grenzen des eigenen Herzen zu verlassen brauche, um zu wissen, wo er stand, und auch, wo man selbst stand. Das sei das Fürchterliche, das Dostojewski für uns getan habe. Und sei es notwendig, daß es noch einmal getan würde? Hatte er nicht vielleicht die Urheberrechte auf diesem Gebiet erworben – gründlich und vollkommen, ein für allemal?

Guter Gott! Percy bedeckte für einen Moment sein Gesicht mit den Händen. Sie trüge ihre Gedanken mit einem Tempo vor – sie möge ihm Gelegenheit geben, darüber nachzudenken.

Wieder lachte sie. Das tue sie immer. Sie käme selbst nicht mit. Aber würde er nicht zugeben, daß die Amerikaner in dieser Frage, in der es um das Innenleben ginge, meilenweit hinter den Europäern zurücklägen?

»Was ist mit Faulkner?« fragte er.

»Faulkner – mein lieber Percy – *Faulkner!*« Sie hatte mal gehört, daß er »der Dostojewski des tiefen Südens« genannt wurde. Sicher schriebe er über den tiefen Süden. Und welchen Stil er habe; mit welch unvergleichlicher Beschwörungskunst er Atmosphäre zaubern – ein Haus, eine Landschaft beschreiben – eine Stimmung entstehen lassen könne; was natürlich und unzweifelhaft seine Art sei, über den Süden zu trauern, sein Elend, seine Verwahrlosung – seinen Verfall. Aber was Faulkners Figuren anbelange; also wirklich, fragte sie, vermochten sie irgend jemanden zu überzeugen? Schreckgespenster, die herumlungerten, mit allen Freudschen Perversionen – mit jeder erdenklichen sexuellen Praktik und Phantasie. Alpträume von Männern und Frauen. Aber leide man jemals mit ihnen und um sie? Könne man sie jemals hier – sie legte sich für einen kurzen Moment die Hand aufs Herz – spüren, genau hier in der menschlichen Brust? Gewiß nicht – die unwirklichsten Figuren der Literatur, die am wenigsten überzeugenden.

Denn für Amerikaner, fuhr sie fort, sei alles so intensiv – plötzlich, so persönlich. Die Zeit schiene gewaltsam aus den Angeln gehoben zu werden, damit dies und jenes untersucht werden könne. Hier. Jetzt. Pittsburgh. New York. Chicago. Der tiefe Süden. Und jede amerikanische Tragödie so rein und unverfälscht – ein so einzigartig amerikanisches Ereignis. Charakter werde nie entwickelt, oder die Freude, der Schmerz, der sich aus menschlichen Beziehungen ergebe, als universelles Thema, das die Zeiten überspanne, die Geschichte, sondern bliebe beschränkt – hier auf das leidenschaftliche, mitfühlende Herz des Schriftstellers. Sein Kummer, sein persönlicher Kummer sei es, der einen so stark berühre – sehr ergreifend. ... Sie habe viel darüber nachgedacht, und sei es nicht womöglich auf die Tatsache zurückzuführen, daß die amerikanischen Romanschriftsteller, wie sie beide fänden, *au fond* Moralisten seien? Löse das eine Tendenz zur Neurose aus – und nehme diese Tendenz vielleicht zu? Schiene es sich nicht so zu verhalten?

Was meine sie mit Tendenz zur Neurose? Sie habe das Wort schon häufiger gebraucht.

Gebe es vielleicht ein laufendes Zählwerk hin zum amerikanischen Schicksal, fragte sie, zur nationalen Psyche?

Er müsse sie nochmals bitten, sich deutlicher auszudrücken.

Sie wisse, daß sie jetzt sehr kompliziert werde. Aber sie wolle ihm einfach nur die Eindrücke eines armen Wesens im Exil schildern, das fast so wie Lots Frau aus brennenden Städten gelaufen sei – und dann Amerika, sie meine in dieser Situation, zum ersten Mal gesehen habe. Und hier sei es – jung, kraftvoll, aufregend, mit seiner klaren, hellen Luft und den eiligen Menschen; und diesem sich mitteilenden Gefühl, daß etwas Neues unter der Sonne entstünde – all diese Wolkenkratzer, diese Städte aus Glas und Eisen mit den hellen Lichtern, den Highways, die sie miteinander verbänden, und den großen Brücken. Denkt an das alles nur – denkt an den Boulder Damm, das TVA Projekt. Denkt an die Brücken über den Presideo, all die Brücken, all die Dämme, all die Straßen. Denkt an die Weltausstellung in Flushing. (Nein, sie mache keinen Witz), denkt an die Futurama.

Und dazu, in erschreckendem Kontrast, diese Verzweiflung, diese unglücklichen Schriftsteller – diese unglückliche Literatur; dieses nötige Glas auf die Schnelle. Gebe es denn niemanden mehr, der es mit Whitman hielte, der ein wenig laut würde, vor Freude jauchze, niemanden, der den Architekten – den Ingenieuren – zumindest einen kleinen Blumenstrauß überreiche, niemanden, natürlich außer Percys kleinem Zehnjährigen? Müsse er der einzige bleiben, der seine Freude hinausschrie? Sie für ihre Person, sie habe sich so oft gedrängt gefühlt, zu rufen, zu singen, wenn sie diese vielen kleinen William-Blake-Gedichte höre – »Gib mir meine Pfeile der Sehnsucht.« Man brauche nur einen Blick auf das wunderschöne Gebäude am Rockefeller Center zu werfen. Sei es nicht eine Art Symbol – offensichtlich könne man in Amerika ohne diese kosmischen Gesten nicht auskommen – so wie es ins Blaue strebe?

Habe sie jemals die Gedichte von Hart Crane gelesen? Was – nein? Also, das müsse sie. Ein höchst bemerkenswerter junger Dichter, der verstehen würde, worauf sie hinaus wolle – ein direkter Nachkomme von Walt Whitman; er habe ein großartiges – ein umwerfendes, ein unvollendetes, höchst wahrscheinlich ein unerreichbares Gedicht hinterlassen – *The Bridge*. Wie Whitman habe er in Brooklyn gelebt. Er sei hin und her über den Fluß gegangen – zwischen den Städten gependelt. Er habe den Versuch unternommen, den wahrhaft erstaunlichen Versuch, die mystischen Entfernungen zu überbrücken – eine Brücke zwischen Gegenwart und Zukunft zu bauen – zwischen (wer weiß? Er war ziemlich rätselhaft) den dazwischenliegenden Räumen. Sie hätte seine Symbole verstanden. Aber der arme Kerl hatte Selbstmord begangen – war in einer dunklen Nacht von einem Ozeandampfer in die Karibische See gesprungen. Sie müsse seine Gedichte lesen. Sie müsse die Biographie dieses jungen Mannes lesen.

Armer Kerl, sagte sie sehr ernst; und sie blieb einen Augenblick lang still, versuchte offensichtlich, ihre Gedanken neu zu ordnen – einen anderen Ansatzpunkt für ihre Argumentation zu finden. Sie wünschte, sie könne ein wenig deutlicher erklären, was sie mit dieser neurotischen Tendenz gemeint habe. Und dürfe sie noch einmal zu Proust zurückgehen? Er sei mit Sicherheit ein Neurotiker – niemand könne das bestreiten; man denke nur an dieses mit Kork ausgeschlagene Zimmer, in dem er gelebt habe; man denke nur an seine letzten Jahre. Er war verheiratet, wie viele andere Europäer, mit der Todessehnsucht. Aber sei es nicht, im Ganzen gesehen, eine glückliche, zumindest eine angemessene Ehe? Man denke an Prousts Objektivität. Man denke daran, wie vollkommen unpersönlich er war. Er schrieb über eine sterbende Zivilisation, über sich selbst, und auch er war ein Sterbender. Aber was fehlte, war diese persönliche Note der Qual – Verzweiflung. Er sei bis zur letzten Minute an allem interessiert gewesen, man könne sagen, richtig begeistert von allem. Aber warum, das frage sie sich, müsse Amerika, weil es Europas Leidenszeiten nicht durchlaufen hatte, die Stationen des Kreuzweges nicht kennengelernt hatte, so viele Menschen auf ihre Reise in den Tod schicken, und warum müßten diese, weil Amerika nicht durch und durch alt zu nennen sei, ihrer Jugend so abrupt den Rücken kehren? Sei das nicht fürchterlich unklug – sei es nicht eigentlich sehr gefährlich?

Und dann sei da noch etwas, das ihr aufgefallen sei. Wie solle sie sagen – sozusagen ein falscher Intellektualismus – etwas, das mit Intellektualismus sozusagen überfrachtet sei;

man denke an den *New Yorker*. Gebe es so etwas irgendwo sonst auf der Welt, brillant, leicht kapriziös, empfindsam bis hin zu einer privaten Sprache – furchteinflößend? Er jage ihr eine Heidenangst ein. Er sei krank, neurasthenisch, alt, noch bevor er sich selbst die Chance gegeben habe, seine Jugend zu genießen.

Arme kleine B, mit all ihren Intellektuellen – all ihren Unglücklichen.

All diese trostlosen Kerle – die vernichteten Männer – die vernichtenden Frauen; die Schlachten der Geschlechter und der Seelen; sie hätten sie fast zugrunde gerichtet. Und, das dürfe sie hinzufügen, sie wären überhaupt nicht das, was sie anzutreffen erwartet habe, als sie den Ozean überquerte.

Was! Habe sie sich denn vorgestellt, nur den kleinen Zehnjährigen anzutreffen?

Er solle nicht so frivol sein. Dieser kleine Zehnjährige hätte niemals diese Wunder begriffen. Und wenn es aufgrund einer seltsamen Verteilung der Talente so sein solle, daß Amerika in seinem Innersten etwas habe, das es befähige, Pläne für das Neue Jerusalem zu entwerfen, könne er nicht zur Verantwortung gezogen werden.

Sie sei unvergleichlich, sagte er, sie sei einsame Spitze; und er beugte sich über den Tisch und nahm ihre Hand in die seine, und auf seinem Gesicht erschien wieder derselbe Ausdruck, mit dem er sie im Taxi angesehen hatte – hungrig, flehend, wie ein Bettler, der seinen Becher hinhält: »Gib mir«, schien er erneut zu flehen, »gib mir nur ein

Fünkchen Hoffnung, daß du mich brauchst – daß ich dir helfen kann.«

Er war, das sah Millicent, mit dem Versteckspiel fertig; so faszinierend sie auch war, so erfolgreich sie auch seine Aufmerksamkeit gefangengehalten hatte, er war damit fertig – der Bann war gelöst; er würde die Situation zu seinen Zwecken nutzen – er würde sich nicht eher verabschieden, als bis er etwas über die Notlage jenes armen Kindes von ihr erfahren habe. Das Mittagessen war vorbei, sie waren fertig und würden gleich aufbrechen, und nicht ein Sterbenswörtchen war über ihre Situation in Wien gefallen; nun gut, komme, was da wolle, er würde sie so lange halten, bis er sie so weit hatte, daß sie sich der kleinen Beatrice stellte.

Während sie ihre Hand zurückzog und mit großem Interesse ein Paar verfolgte, das sich gerade zum Aufbruch anschickte, fragte sie, ob zufällig einer von ihnen jene beiden beobachtet habe. Ach, nein? Also, über die ließe sich eine lange, lange Geschichte erzählen. Sie habe sie direkt von dem Ehemann erfahren. Seht euch nur die Ergebenheit an, mit der er der Dame in den Mantel hilft; seht – jetzt hebe er ihren Handschuh auf; er gebe ihr Feuer. Was für ein Sklave! Er war ihr Knecht, ihr Affe. Er habe ihr während der ganzen Mahlzeit nicht einmal widersprochen. Er habe sie in allen Wünschen imitiert – und er habe ihr dreiviertel jenes herrlichen Burgunders eingeschenkt; er habe ihr seine Melone gegeben, als sie mit ihrer fertig war. Er habe nichts gesagt, außer ihre Wünsche verherrlicht. Aber er habe genug von allem. Er könne nicht einen weiteren Tag ehelicher Hingabe ertragen. Und genau das habe er ihr vom ersten Augenblick an, als sie diesen Raum betreten habe, mitgeteilt – oh du lieber Himmel – welch Strom, welche Flut – er habe einfach sein ganzes Elend über sie ausgeschüttet. Jede erdenkliche Beichte, höchst privater und heikler Natur – entsetzlich peinlich – niemals habe sie einen derartigen Hunger in den Augen eines Mannes gesehen.

Und dann, als das Paar hinausging, war sie gezwungen, ihren Kommentar über die beiden zu beenden, denn der arme verhungerte Mann, sei es aus Angst vor seiner Frau oder aus peinlicher Verlegenheit über das, was er ihr bereits mitgeteilt hatte, bestätigte mit keinem Blick ihre Geschichte.

Armer Mann, sagte sie, er tue ihr so leid. Sie drehte sich um und ließ ihren Blick durch das Restaurant schweifen, und als sie sah, daß alle Gäste bis auf wenige an der Bar gegangen waren, daß sie die einzigen waren, die noch dasaßen, alle Tische diesen verwaisten, verwüsteten Anblick boten, die Kellner eifrig damit beschäftigt waren, Silber, Gläser und Servietten zu ergänzen, die Krümel auffegten, blitzschnell über die Tischtücher fuhren und ihnen mit jeder Geste ein Fortscheuchen, ein Wegschieben signalisierten und die kleine Beatrice dort neben ihr stand und sie am Ärmel zupfte und Percy Entschlossenheit fühlte, sie zur Wahrnehmung dieser Geistergestalt zu zwingen, und alle Leinen, mit denen sie so geschickt die Unterhaltung in der Schwebe gehalten hatte, in sich zusammenfielen, der ganze Apparat ihrer Lebhaftigkeit plötzlich einstürzte, da zündete sie sich eine Zigarette an; goß sie sich noch eine Tasse Kaffee ein, leerte sie ihr Glas Cognac.

Wie zärtlich er sie in das Thema zwang, als er sich hinüberbeugte, wieder ihre Hand nahm und sie mit gefühlsgeladener, zitternder Stimme, aber unmißverständlicher Entschlossenheit sein Kind, seine liebe, liebe Bridget nannte, als wisse er, er dürfe ihr Freund und väterlicher Beschützer sein – und er sagte alles mit großem Eifer. Seit dem Zeitpunkt, als sie ihnen auf der Ausstellung ihre Geschichte erzählt habe, habe er darauf gewartet, daß sie von ihrem Kind, ihrer kleinen Beatrice spräche. Sie erinnere sich doch, nicht wahr, sie hatte sich getrennt und das Kind in Wien bei den von Mandestadts gelassen? Es war, das wisse er, etwas Schreckliches, Gefährliches – ein grauenhafter Augenblick für eine Mutter: Er wolle nicht aufdringlich sein; aber sie müsse ihm davon erzählen; sie müsse ihm alle Einzelheiten erzählen. Er könne ihr vielleicht raten – helfen. Denn wenn es auf Gottes Erde etwas gebe, daß er tun könne...

Ja, sagte sie, natürlich; und auf ihrem Gesicht erschien dieser Ausdruck von Furcht (oder war es ein Zögern?), wie der Schatten eines Vogels, und schon verschwunden, ehe man ihn richtig gesehen hatte. »Natürlich«, wiederholte sie; aber es gebe wenig, das er tun könne; sie bereue eigentlich, daß sie die Geschichte überhaupt erwähnt habe.

Und konnte Millicent ihren Augen trauen? Sie sah ihr

gebannt zu, denn sie schien, um sich verständlich zu machen, eine Art Pantomime aufzuführen – kühl, präzise, bestimmt – hob die Hände, um, auf irgendwie groteske Art und Weise, ein Gesicht zu zeichnen, einen Kopf, und dabei versteifte sie ihren Hals, ihren Zeigefinger. Und war es Tapferkeit, fragte sie sich, oder nichts weiter als diese ihr eigene Leichtigkeit, die sie jetzt an den Tag legte, als wolle sie sagen, wenn es um eine Privatangelegenheit geht und angesichts all dessen, was man über die menschliche Existenz weiß, warum der einen Kalamität mit größerem Ernst begegnen als der anderen? Denn es gab keinen Zweifel, ihre Hände versuchten die Vorstellung von Form, Größe zu vermitteln – einer gewissen Mißbildung, und jetzt sagte sie, daran konnte es keinen Zweifel geben, mit ihrer kühlen, bedächtigen Stimme: »Meine kleine Beatrice hat einen sehr großen Kopf; sie zeigt mit dem Finger; sie brummt; sie macht seltsame Geräusche.« Sie versuchte, ihnen das kleine Wesen körperlich vor Augen zu führen, ihnen bei Kaffee und Cognac, so weit ihr das möglich war, eine anschauliche Vorstellung von ihrer kleinen Beatrice zu vermitteln. Sie machte ein paar unfeine Geräusche; sie rollte den Kopf nach rechts und links; sie zeigte mit dem Finger. »Ich fürchte, meine Lieben, ich muß euch sagen«, erklärte sie, »mein kleines Mädchen ist ein kleines Monster; es ist schrecklich, aber meine kleine Beatrice ist, fürchte ich, ein Idiot.«

»Oh, meine Liebste!« Millicent hätte sich am liebsten auf die Zunge gebissen, denn sie wußte, daß eine übermäßige Sympathiebezeugung das letzte war, das Bridget jetzt wollte. Sie hatte den Ton angeschlagen – es war ihnen überlassen, sich darauf einzulassen.

Und was Percy betraf; nun ja, sie hatte nicht den Mut, in seine Richtung zu blicken. Offensichtlich versuchte auch er, sich auszudrücken – und sie sah ihn nach Bridgets Hand greifen – sie mit seiner bedecken.

Sie zog sie ruhig fort und faltete beide Hände an der Tischkante. Sie habe gehört, sagte sie mit gleichbleibender, sachlicher Stimme, sie habe gehört – und sie habe gute Gründe anzunehmen, daß es wahr sein könne, denn die Nachricht käme von einem Freund, der kürzlich aus Wien zurückgekehrt sei, und hier versuchte sie, ihr Gesicht ganz ausdrucksleer zu machen; sie habe gehört, wiederholte sie, und fuhr dann fort, ohne die Emotionslosigkeit ihrer Stimme aufzugeben, daß die Nazis dazu übergegangen waren, das Kind auszustellen, sie in irgendein groteskes Kostüm steckten – Kappe und Glocken oder so etwas, und ihr ein Schild um den Hals hängten – *Kleine Jüdin*. Das, sagte sie, und sie müßten daran denken, wäre vielleicht alles erdichtet; aber andererseits würde sie es den Nazis glatt zutrauen.

Millicent glaubte ohnmächtig zu werden. Der Raum schwankte, kreise und die Kellner, die Tische, das junge Paar an der Bar, Bridget und Percy, alles schien sich im Kreis um und um zu drehen, wie die Schwäne und Pferde und Kinder auf einem Karussell. Umzukippen war unter den Umständen undenkbar. Sie konnte nicht in Ohnmacht fallen, sie würde das nicht zulassen. Und mit großer Entschlossenheit fixierte sie Bridgets Hut und sagte immer wieder zu sich selbst – das ist Bridgets Hut – ich sehe die Schleife von Bridgets Hut. Kurz darauf wurde der schwindelerregende Walzer langsamer. Der Raum blieb stehen. Die Menschen darin nahmen eine senkrechte Position ein. Gott sei Dank, sie hatte sich selbst gerettet. Sie blickte zu Percy, sie blickte zu Bridget. Da saßen sie, vollkommen aufrecht.

Sie hörte Percy sagen, daß etwas unternommen werden müsse, und zwar sofort. Würde Bridget in Erwägung ziehen können, mit ihm zum deutschen Konsulat zu gehen? Sie könnten auch alle *jetzt* gehen, und fände Millicent nicht, daß das eine ausgezeichnete Idee sei? Und würde sie nicht mit ihnen kommen, denn selbstverständlich müsse etwas unternommen werden, und zwar *auf der Stelle!* Sie sah, der arme Kerl wollte, daß sie zusammenhielten. Sie waren Bridgets Freunde, und er wollte, Bridget möge verstehen, daß sie nicht vorhatten, sie im Stich zu lassen.

Sie riß sich zusammen. Ja wirklich, sagte sie, Percys Idee sei großartig. Ihr Nachmittag sei frei – sie würde sofort mit ihnen kommen.

Bridget lächelte sie ein wenig jämmerlich an, aber gleichzeitig gab sie ihnen auch zu verstehen, daß sie ihre guten Absichten zu schätzen wisse. Sie sagte, sie sei bereits mehrere Male dort gewesen, und genausogut könne man versuchen, den Gibraltar zu versetzen, als den Gleichmut der Nazibestien zu erschüttern – daß das einzige, was ein wenig Aussicht auf Erfolg verspräche, eine große, eine sofortige Summe Geld sei, aber daß sie alle drei zusammen nicht so viel, auch nicht, wenn sie alle Ressourcen erschöpften, auftreiben könnten, wie nötig sein würde. Sie wären beide ein Schatz – ein richtiger Schatz – aber...

Percy ließ sich nicht einschüchtern. Er sagte, ihm sei plötzlich etwas Neues eingefallen. Bridget wisse von seinem Roman; er stehe kurz vor der Veröffentlichung. Seine Verleger setzten große Hoffnungen in ihn, und, ehrlich gesagt, er selber auch. Ja wirklich, er sei sich ganz sicher, daß sie ihm angesichts ihrer Erwartungen ein ansehnliches Honorar geben würden, wenn er sie darum bäte, und wenn Bridget mitkäme, wenn sie es übers Herz bringen könne, ihnen von der kleinen Beatrice und ihrer schrecklichen Lage zu erzählen – sie wären anständige Kerle, sie hätten ein Herz, er war sich ganz sicher, noch diesen Nachmittag könnten sie einen ansehnlichen Scheck in Händen halten.

Sie war gerührt, belustigt, und sie wandte sich ihm zu, als sei er ein sehr freigebiger kleiner Junge, der ihr soeben das Liebste, das er besaß, angeboten hatte. Es sei eine bezaubernde, eine sehr großzügige, eine bewundernswerte Idee, sagte sie – aber ehrlich, selbst wenn er *Vom Winde verweht* geschrieben hätte, es würde nicht viel nützen. Auf der ganzen Welt gebe es keine Verleger, die man um eine derartige Summe bitten könne, die im Augenblick nötig wäre.

Sie sah auf ihre Uhr – du lieber Himmel; sie wäre spät dran, es sei halb drei. Sie habe um viertel vor einen Termin, bei ihrer Schneiderin. Sie müsse gehen. Sie suchte nach ihren Handschuhen, ihrer Tasche. Sie rief einen Kellner heran. Könne er die Handschuhe finden, die Tasche? Sie habe die unglückselige Angewohnheit, alles, was sie besaß, dem Fußboden anzuvertrauen – oh, da lagen sie natürlich, unter dem Tisch. Sie dankte ihm mit ihrem strahlendsten Lächeln. Sie nahm einen kleinen Spiegel aus ihrer Tasche; sie inspizierte ihren Hut, ihr Gesicht. Sie sehe bestimmt wie eine Vogelscheuche aus. Sie rückte den Hut zurecht und erklärte, sie müsse sich ein wenig herrichten. Niemals dürfe man zulassen, daß die Natur einem zuvorkomme.

Bestimmt, dachte Millicent, mußte sie eine Ahnung davon haben, was Percy durchmachte. Man brauchte sich ihn nur anzusehen. Wie konnte sie den armen Kerl so hängenlassen – ihm ihre Geschichte erzählen, sich ihm anvertrauen und ihn dann fallen lassen? All diese schnellen Gedankenblitze, diese verblüffenden Wahrnehmungen, die das Mädchen besaß, waren sie denn vollkommen losgelöst von dem Leben, dem Klima ihres Herzens? Welch vogelähnliches Herz sie hatte – niemals still – immer im Flug – immer in Bewegung. Und konnte man ein derartiges Instrument überhaupt Herz nennen? Sie ließ sich nicht ergründen.

Würde Millicent, fragte sie, wenn sie die Zeit erübrigen könne, mit ihr zur Schneiderin gehen? Sie habe einen solchen Scharfblick, was Kleidung betreffe. Sie würde gerne ihre Meinung zu diesem Kleid hören, diesem absurden kleinen Hut, auf den sie sich eingelassen habe – eigentlich wären es zwei absurde kleine Hüte.

Percy bezahlte unterdessen benommen, mechanisch die Rechnung, gab dem Kellner sein Trinkgeld ... Millicent mußte an einen dieser Boxkämpfer denken – K.o.-geschlagen – wieder auf die Beine taumeln – die Bewegung mit den Handschuhen machen. Unter keinen Umständen, dachte sie, sollte sie ihn allein lassen – ihn sich selbst überlassen. Was würde er allein anstellen? Alle Bars der Third Avenue abklappern – seinen Verlegern die phantastischsten Vorschläge unterbreiten?

Ja, sagte sie, sie würde Bridget begleiten, wenn sie ihr irgendwie hilfreich sein könne; aber was ein Urteil ihrer Hüte und Kleider anginge, dieser Aufgabe fühle sie sich eigentlich nicht gewachsen – allein die Verantwortung...

Und dann, wenige Augenblicke später, stieg sie zu ihrer eigenen Verblüffung und in höchstem Maße verzweifelt hinter ihr in das Taxi – ließ Percy allein – ließ ihn auf dem Gehweg stehen, kaltgestellt, diesen sprachlosen, diesen geschlagenen Ausdruck im Gesicht. Das Leben zog einen unbarmherzig mit sich – und dabei hatte man so oft das Gefühl, daß alles ein Traum war.

Sie hätte gerne gesagt: »Komm, Percy, komm mit uns – Bridget braucht dein Urteil – nicht meins.« Aber statt dessen sagte sie, und zwar laut genug, daß er es hören konnte, daß sie vermute, Bridget ginge zu der Lenny Weeds Cocktailparty, und wenn es so sein sollte, könnten sie anschließend gemeinsam dorthin gehen.

Oh – Millicent ginge auch dorthin? Wie schön – wie wunderschön; Bridget lehnte sich aus dem Wagenfenster, reichte Percy die Hand, nickte dem Fahrer zu – »Auf Wiedersehen, Percy«, rief sie hinterher. »Danke für das Essen« – das Seezungenfilet habe ihre Erwartungen weit übertroffen.

Und fort fuhren sie, während Millicents Herz unerträglich schmerzte, denn es ahnte etwas von der Wunde, die Percy mit sich davontrug – spürte ein Mitleid, das wie Folterqualen war; und dazu kam plötzlich eine neue Pein, als sie an den Wink mit der Lenny Weeds Party dachte, den sie ihm gegeben hatte. Wie töricht von ihr! Als wisse sie nicht genau, daß diese temporäre Erleichterung, die sie ihm mit Bridgets Nachmittagsprogramm nachgeworfen hatte, fatale Konsequenzen nach sich zöge. Um Himmels willen, in welcher Verfassung würde er erscheinen? Und dann Bridget mit diesen beiden jungen Männern! Sie schien ein besonderes Talent dafür zu haben, genau das Falsche zu tun – ein Naturtalent – und was ihren Wunsch betraf, Percy in seiner Notlage beizustehen – hörte sie Bridget zu, die von ihren kleinen Hüten und diesem Kleid plapperte, auf das sie ein Auge werfen sollte.

SIEBEN

Der Sitz, der Schnitt, der fließende Fall wären perfekt, erklärte die Schneidermeisterin, während sie in die Hände klatschte und zu den um sie versammelten Mitarbeiterinnen aufsah, um sich von ihnen in ihrem Urteil bestätigen zu lassen; dieses Ensemble, der umwerfende rote Hut, die Handtasche, die eleganten kleinen Schuhe, das perfekt sitzende dunkelblaue Kleid mit dem bißchen Rot hier und dort, so verhalten und raffiniert, daß man es kaum sah, wäre nicht nur perfekt – es wäre darüber hinaus der vollkommene, nein *der* vollkommene Ausdruck von Madame St. Dennis Persönlichkeit.

Als Millicent Bridgets lächelndes Spiegelbild anstarrte, erfüllte es sie zunächst mit einem unerträglich bedrückenden Gefühl all dieser Tragödien, die sie umgaben, aber dann schien es Millicent plötzlich, als entsteige Bridget den Fluten des Südpazifiks, nackt und unschuldig wie der junge Morgen, denn trotz aller Beweise für das genaue Gegenteil, trotz aller unglaublichen Erfahrung und Weltklugheit – hatte sie etwas seltsam Unschuldiges und Schlichtes an sich – etwas, das vollkommen unabhängig war von Zeit oder Brauch oder Sitte – frei war sogar von Tragik – man konnte es nicht definieren; aber man schenkte ihm seine instinktive Gefolgschaft – und vielleicht, so schloß sie daraus, brauchte man ihretwegen nicht so sehr zu leiden.

Ja, pflichtete sie bei, und dabei lächelte sie dem Spiegelbild zu – die Schneidermeisterin habe recht – das Ensemble sei ein Meisterwerk – der Schnitt, der Sitz, die fließende Bewegung. Und was hielte Bridget davon?

Sie sei nicht ganz sicher – sie habe sich noch nicht entschieden; aber eins wisse sie genau, Millicent gefalle das kleine Grüne am besten, das sie gerade ausgezogen habe.

Die Schneidermeisterin wiederholte, trotzdem sei dies der vollkommene Ausdruck von Madame St. Dennis Persönlichkeit. Das Grün-Weiße, das gebe sie zu, sei exquisit, es besitze eine gewisse Poesie, die Madame wunderbar stehe. Aber trotzdem, hier ginge es um eine Cocktailparty, und sie dürften nicht vergessen, daß das Ensemble, das sie jetzt trage, nicht nur ein Meisterwerk sei – ein großes Kunstwerk, denn es sei *in sich selbst* eine Cocktailparty – atme Geist und Wesen einer Cocktailparty. Hatte es nicht seinen Namen von denjenigen, die in die Geheimnisse des Dry Martini eingeweiht waren? Es konnte überhaupt keinen Zweifel geben, Madame St. Dennis müsse es gleich anbehalten. Sie müsse unbedingt darin auf der Lenny Weeds Party erscheinen.

Bridget trat einen Schritt vom Spiegel zurück. Die Frage sei entschieden, sagte sie. Was könne passender sein, als in einem Kleid zu gehen, das Percys Lieblingsgetränk, einem trockenen Martini, die Ehre erweise? Es sei grandios. Sie bat um die Tasche, die zu ihrer alten Aufmachung gehörte.

Sie stopfte einige nötige Utensilien in die weinrote Handtasche. Und gebe es auch ein Taschentuch, passend zur neuen Garderobe? Oh, ja, hier sei es ja. Wie entzückend! Sie faltete das winzige Quadrat aus Batist auseinander, dessen Kanten zart mit Blau gesäumt waren und dessen vier Ecken ein Hahn in Blau und Rot zierte. »Wie entzückend! Pour le cocktail!« und sie schwenke es ausgelassen, faltete es feierlich zusammen, und nachdem sie erklärt hatte, niemals zuvor so perfekt zu einem Anlaß gekleidet gewesen zu sein, wünschte sie allen ein achtungsvolles »Au revoir«.

Und dann winkte sie der gesamten Belegschaft, die sie zur Tür begleitete, ein Aufwiedersehen zu, lief den Gehweg unter der Markise entlang und sprang, gefolgt von Millicent, in das Taxi, das an der Straßenecke wartete.

Würde der Fahrer so schnell wie möglich fahren, ohne sie umzubringen? Sie suchte in ihrer Handtasche. Sie gab ihm die Adresse.

»In Ordnung, Baby«, sagte er, ohne den Blick von dem kleinen Spiegel zu nehmen, der ihr Gesicht einrahmte – »Okay«, aber lieber würde er sie runter nach Frisco fahren.

Sie lehnte sich zurück. Sie atmete tief die warme Luft ein. Welch schöner Abend. Dies wäre ihr erster Frühling in New York, und sie müsse zugeben, daß es für eine Stadt ohne Bäume, ohne freie Flächen und mit nur ein paar blauen Fetzen Himmel über dem Gesicht einen außergewöhnlichen Charme ausstrahle. Man habe seinen Sommer hoch in der Luft – weit oben zwischen den hohen Gebäuden. Wie schön Licht und Schatten. Sie legte ihre

Hand in Millicents und ließ sie dort leicht liegen, und ob sie ihr damit zu verstehen geben wollte, daß ihr das Herz zwar breche, einem aber in dieser so unerträglichen Welt nichts anderes blieb als ausgelassen, leichtsinnig, höflich und galant zu sein, oder ob sie ganz einfach mit ihr die augenblickliche Freude und Erregung teilen wollte, in der aufregendsten Stadt der Welt zu einer Cocktailparty zu fahren, konnte Millicent nicht entscheiden; aber sie schien eine ganze Reihe der köstlichsten und eindeutigsten Empfindungen zu verspüren, als würden Sterne hervorstechen, als würden kleine Blumen ihre Blütenblätter in ihrem Herzen entfalten.

Würden viele Menschen auf der Party sein? fragte Bridget.

Sie zog ihre Hand fort; wahrscheinlich, antwortete sie, würden schrecklich viele kommen. Hatte sie schon einmal so etwas miterlebt?

Ja. Es wäre einzigartig. Es würde immer irgend jemand gefeiert. Jede Party würde jemanden groß herausstellen.

Würden sie heute abend Bridget groß herausstellen? Vermutete Millicent.

Oh nein. Sie stieg aus, bezahlte den Fahrer. Die Lenny Weeds feierten eine alte Dame – eine alte Großtante oder so. Es stand auf der Einladung.

Millicent hatte die Einladung nicht gelesen, oder wenn sie sie doch gelesen haben sollte, hatte sie sie vergessen. Sie folgte ihr in das Wohnhaus, durch die Eingangshalle und in den Aufzug. Sie war erschöpft, sie war todmüde.

ACHT

Die Cocktailparty war in vollem Gang, rauschte ihnen entgegen wie eine tosende Brandung – der Geruch nach Alkohol und Zigarettenrauch, das Geschnatter und Geplapper, die schrillen spitzen Schreie, die, gesondert von dem allgemeinen Gewirr, den tieferen Untertönen, durch die Luft flogen – Stimmen, Lachen, Menschenmassen. Während Millicent neben Bridget die flachen Stufen in den großen Wohnraum hinunterging, überkam sie immer stärker das undeutliche Gefühl, daß etwas Schreckliches bevorstand (Percy erschiene vielleicht betrunken, und sie war sich sicher, daß es so kommen würde – und fände die beiden jungen Männer und Bridget, die sich gerade alle Mühe gab, sie zu bezaubern). Warum nur, fragte sie sich, war sie gekommen! Und könnte sie nicht, auch jetzt noch im allerletzten Moment, einen Fluchtversuch starten? Die Lenny Weeds stürzten sich wie eine Meute Jagdhunde auf Bridget.

»Ah, hier sei sie endlich; und schöner denn je!«
»Und was für ein Kleid; es verschlug einem den Atem!«
»Dry Martini! Herrlich!«
»Sie hätten auf sie gewartet!«
Welche Mühe sich die arme Bridget gab, sie mit sich in

den Wohnraum zu zerren; aber ohne Erfolg – ohne Erfolg. Das hier war ihre Chance, wieder zu gehen. Schließlich gab es keinen vernünftigen Grund zu bleiben. Sollten Bridget und Percy und die beiden jungen Männer allein zurechtkommen. Bridget würde die Situation gewiß meistern.

Aber hier kam der alte Mr. Andrews mit diesem amtlichen Blick, den er auf Parties wie dieser immer aufsetzte – immer bereit, jemandem behilflich zu sein, jemanden zu retten – (»Was, meine Dame, kann ich für Sie tun?«) – und wie ein Gaukler, der Kaninchen aus dem Hut zaubert, hielt er ihr ein ganzes Tablett voller Cocktails unter die Nase.

Da warteten sie – verführerisch, glänzend, eisgekühlt; die herrlichen Old Fashioned Cocktails mit der Orangenscheibe, der Zitronenscheibe, der leuchtend roten Kirsche, den Eiswürfeln; der mahagonifarbene Manhattan; der verlockende Martini. Von diesem letzteren brauchte sie mehr als einen. Und bevor ihr klar wurde, was sie tat, hatte sie ein Glas in der Hand, hatte sie seinen Inhalt mit einem Zug geleert, hatte sie dem Kellner ein Zeichen gegeben, hatte sie das Glas zurück auf das Tablett gestellt, hatte sie ein zweites in der Hand. Mr. Andrews müsse entschuldigen; sie sei sehr matt, sie sei sehr müde; die anderen hätten alle einen Vorsprung. Und auf diesen Parties brauche man seinen ganzen Mut, nicht wahr?

Ja, sagte er; wolle sie noch einen?

Was ihn eigentlich interessierte, war, wie Millicent jetzt bemerkte, wer sie *war* und was sie *tat*; denn der alte Mr.

Andrews verehrte Maler, Schriftsteller, kreative Menschen im allgemeinen – und man mußte sich ausweisen. Er erwartete von jedem, daß er etwas *täte*, jemand *wäre*. Und da sie sich mit ihrem Anspruch auf etwas Besonderes noch nie wirklich wohl gefühlt hatte, entschied sie, ihm nichts zu verraten.

Sie könnte ihn jedoch mit den Namen illustrer Menschen aus ihrem Bekanntenkreis und dem augenblicklichen Klatsch besänftigen; und das würde ihn nicht nur für seine Mühe, sie mit den Cocktails versorgt zu haben, belohnen, es würde ihn auch noch ein wenig länger an ihrer Seite halten – denn wer blieb schon gerne allein auf solch einer Veranstaltung? Und obwohl es nichts gab, das sie mehr haßte als diese vielfältigen Formen von Dünkel – angeben, sich selbst mit einem Prestige ausstatten, auf das man nicht das geringste Anrecht hatte, sein innerstes Sein verletzen (denn in Wirklichkeit war sie höchst zurückhaltend – höchst bescheiden), und in dem Gefühl größter Selbstverachtung (diese Parties hatten einen sehr seltsamen Effekt auf einen – sehr seltsam) fragte sie den alten Mr. Andrews, ob er schon gehört habe, daß ihr guter Freund Percy Jones einen neuen Roman herausbringe – ein sehr bemerkenswertes Buch?

Oh, sie kenne tatsächlich Percival Jones? Er sei entzückt, von dem Roman zu hören. Percival Jones sei, seiner Einschätzung zufolge, eine der herausragenden literarischen Figuren unserer Zeit; und er begann mit der für ihn typischen Art mit den Händen zu schlagen, wie eine

Robbe mit ihren Flossen, um das Ausmaß von Percys Talenten zu veranschaulichen. Seiner Meinung nach sei er einer der Großen – einer der ganz Großen. Wie solle der Roman heißen? *The Last Romaticist.* Wie interessant! Er holte sein Notizbuch hervor und notierte sich den Titel. Kommt diese Woche heraus. Er würde sich ein Exemplar vormerken lassen.

Nach diesem guten Einstieg in das widerwärtige Geschäft, sich auf dem Rücken von Percys Ruhm den Weg zu Berühmtheit und Bedeutsamkeit zu bahnen, sagte sie, ja – und ehrlich gesagt, Percy würde höchstwahrscheinlich heute nachmittag hier erscheinen. Sie habe soeben mit ihm zu Mittag gegessen, und sie glaube, sie habe ihn sagen gehört, er wolle kommen.

Oh, sie meine doch wohl nicht – sie habe soeben mit Percival Jones zu Mittag gegessen?

Ja, sagte sie, sie und Bridget St. Dennis hätten im Chambords mit ihm zu Mittag gegessen.

»*Nein*«, entfuhr es dem alten Mr. Andrews. »*Nein!* Nicht wirklich, Sie kennen *sie*, Miss Err-Miss Arr? Sie wollen mir sagen, *sie* ist heute nachmittag hier? La Belle Dennie – Sie kommen gerade vom Essen mit beiden? Und ich werde sie in einer verblüffenden Aufmachung antreffen – Dry Martini; wie wahnsinnig komisch – die Schneider erlauben sich gerne mal einen kleinen Scherz.« Er posaunte ein gewaltiges Lachen durch den Raum.

Und dann folgte genau das, was sie sich hätte denken können, wenn sie auch nur ein wenig vorausblickenden

Scharfsinn besessen hätte. Der alte Mr. Andrews holte erneut sein Notizbuch hervor, seinen Bleistift. Er wolle eine Party geben – eine Party zu Ehren von Percival Jones – zu Ehren seines Buches – darüber hinaus zu Ehren der Belle Dennie und selbstverständlich auch ihr zu Ehren (meine liebe Miss Err – meine liebe Miss Arr), denn es bereite ihm, wie jedermann wisse, ein so naives, ein so kindliches Vergnügen, für bekannte Persönlichkeiten Parties zu geben. Und wie wütend Percy wahrscheinlich auf sie sein würde, daß sie behilflich war, so etwas auszubrüten, mochte sie sich erst gar nicht vorstellen; er haßte Mr. Andrews Parties – er ließ sich nie, wenn er irgendwie konnte, in derartige Veranstaltungen hineinziehen (und wenn er hier betrunken auftauchte, was ja wahrscheinlich war) und warum, um Gottes willen, hatte sie, wo sie dem armen Kerl doch so unbedingt helfen wollte, den ganzen Nachmittag erfolgreich genau das getan, was ihn mit Sicherheit verärgern würde?

Jetzt sei genau die richtige Zeit für eine derartige Party, fuhr Mr. Andrews fort; die Blumen auf seiner Terrasse stünden in voller Blüte. Und sie würde sein Penthouse doch selbstverständlich kennen? Also, ja, er erinnere sich, letztes Frühjahr habe er sich lange mit ihr unterhalten. Sie habe die Terrasse bewundert, den Springbrunnen, die Aussicht, und ganz besonders seinen kleinen Birnbaum; er erinnere sich an alles; und dann – triumphierend – fiel es ihm endlich wieder ein – »Natürlich, Miss Err – Miss Arr – Sie *malen!*«

Sie würde sich nicht die Mühe machen, ihn aufzuklären, sie würde es dabei bewenden lassen. Und so – denn jetzt hatte sie sich in die Geschichte hineinmanövriert und konnte nicht mehr heraus – konzentrierte sie sich auf das vollkommen alberne Unterfangen, ihm bei der Planung seiner Party zu helfen – der Geburtstagsparty für Percys Buch, wie er sie nannte – stellte ihm eine Liste zusammen, warf ihm Namen zu, als seien sie ihre persönlichen Sterne und Galaxien, Namen – jede Menge berühmter Namen, sie warf mit ihnen um sich, jonglierte mit den leuchtenden Sternbildern. Und mit Sicherheit war dies von allen eitlen, unverschämten, unanständigen Spielen das schlimmste – Percys Freunde – gar nicht ihre – noch nicht einmal seine Freunde; wieso, sie suchte nur nach bloßen Bekannten – nur so, daß sie einen Stern und dann noch einen greifen und sie Andrews zuwerfen und dann zusehen könne, wie er sie aufschrieb. Und überhaupt, konnte man auf diesen Veranstaltungen verantwortlich sein für sein eigenes Verhalten – etwas lag über ihnen – ein Eingebildetsein – ein Unterlegenheitsgefühl – ein Überlegenheitsgefühl – irgend etwas, und sie beendete dieses widerwärtige Geschäft mit dieser letzten Idiotie und warf ihm – ausgerechnet seinen Namen – den jungen Prentiss Price zu (bis zu diesem Nachmittag hatte sie noch nie im Leben ein einziges Wort mit ihm gewechselt). Ja, sagte sie, er sei ein Freund von Bridget St. Dennis – ein großer Bewunderer.

Mr. Andrews klappte sein Notizbuch zu. Zweifellos habe sie ihm eine große Freude bereitet. Er sei glücklich wie ein

Kind, und er versuche auch gar nicht, seine Aufregung zu verbergen. Jetzt aber müsse er sich auf die Suche nach Percy und La Belle Dennie machen; er müsse sie nach Tag und Stunde befragen; sie würden gemeinsam beraten, sie würden alles besprechen. Wenn sie ihn entschuldigen wolle (meine liebe Miss Err – meine liebe Miss Arr), er würde durch die Räume wandern, er würde sie alle finden, er würde sie zurückbringen – er würde nicht lange fort sein – nur eine Minute oder zwei; und weg war er, kämpfte sich mit einer großen Portion Entschlossenheit und Wichtigkeit durch das Gewühl.

Wie töricht sie war, wie töricht sie immer sein würde! Das gerade war ihre Glanznummer an Torheit gewesen. Wenn es darum ging, genau das Gegenteil von dem zu tun, was man wollte und vorhatte, schoß sie zweifellos den Vogel ab. Aber jetzt, wo all diese kleinen Ströme durch sie zu fließen begannen, die aus weiß Gott welchen Nebenflüssen der Heiterkeit gespeist wurden, was machte sie sich Sorgen? Warum sich sorgen – warum sich um irgend etwas sorgen? Wie die Cocktails die Quellen der plötzlichen Eingebung anzapften – der Erleuchtung; und es war mehr als wahrscheinlich, daß Percy überhaupt nicht erscheinen würde – sogar möglich, daß die beiden jungen Männer sich entschlossen hatten, ihr tolles Abenteuer aufzugeben; und wenn sie wollte, könnte sie verschwinden, bevor Mr. Andrews zurück wäre; es wäre das leichteste auf der Welt. Wie auch immer – warum sich sorgen – warum sich um irgend etwas sorgen? Nur noch einen Cocktail, und sie würde jeder denkbaren Situation keck ins Augen sehen können. Wie sie einen von den Verspannungen befreiten; wie sie die Anspannungen lösten.

Und hatte sie sehr diskret dem Kellner zugewinkt, oder war er, ohne von ihr aufgefordert worden zu sein, einfach zuvorkommend vor ihr stehengeblieben – jedenfalls bot er ihr jetzt diese glänzenden, eisigen Gläser an – den Old Fashioned, den Manhattan – den Martini. Und was machte es schon, daß es derselbe Kellner zu sein schien, dem sie auf diese schamlose Art und Weise die ersten beiden Drinks entrissen hatte! Hier stand er, und sie schien zum zweiten Mal dieselbe Pantomime aufzuführen (»Danke schön, Herr Ober, vielen Dank«), kippte den ersten hinunter, nahm den zweiten, versuchte übertrieben, die vornehme Dame zu spielen (sie konnte, wenn die Situation es erforderte, Distinktion an den Tag legen). Sie entließ ihn. Er sollte nicht glauben, sie sei eine dieser heutzutage so häufig anzutreffenden ältlichen Damen, die langsam, aber sicher der Trunksucht verfielen.

Dieser, ihr vierter, sollte ihr letzter sein, entschied sie – und sie würde ihn ganz langsam schlürfen, wirklich ganz langsam; denn tatsächlich überkamen einen die ungewöhnlichsten, die vielfältigsten Erkenntnisse – all diese winzig kleinen, zarten Regungen des Herzens, die dieses gütige Getränk auslöste, das die spekulativen Fähigkeiten verdoppelte, erweiterte, die Gedanken ineinander fließen ließ, und jeder einzelne Gedanke warf einen so strahlenden Schein auf den nächsten, und man war so wach und beobachtete alle um sich herum mit so großer Aufmerksamkeit – Glocken läuteten, Blitze leuchteten, Ausblicke erweiterten, dehnten, öffneten sich, und Assoziationen verknüpften dieses mit jenem – schenkten einem welch einen Reichtum an bemerkenswerten Ideen, brachten einem welch ein Übermaß an nie gekannten Vorstellungen – Einsicht.

Da war Paula Downs und versuchte die Aufmerksamkeit von Slade, dem Korrespondenten, für sich zu gewinnen, der eindeutig nicht vorhatte, ihr in die Falle zu gehen; da war Loeb, der Maler (wie nett er sich gab, wie natürlich), und dort, mit dem Glas in der Hand umherwandernd, da war Brodansky – der große Brodansky. Die Lenny Weeds hatten heute nachmittag wirklich etwas auf die Beine gestellt; so viele berühmte Persönlichkeiten, daß sie kaum zu zählen waren – sie liefen einfach hier herum, Dichter, Maler, Journalisten, Musiker, Romanschriftsteller. Dort war die schöne Rosa Locke, die man nur selten zu Gesicht bekam. Mit welcher Gewandtheit sich Brodansky von Mrs. Ross Taite absetzte – verschwand im Eßzimmer, um sich einen neuen Drink zu besorgen. Und, überlegte sie, wirkten die Highballs ebenso stark wie diese Martinis?

Nun gut, hier wären wir nun alle. Hier wären wir alle – die großen Berühmtheiten und die kleineren Lichter; und wenn sie sich nicht sehr täuschte, litt jeder an einem akuten Mißbehagen – einem Hunger des Herzens nach etwas, etwas, das es von sich selbst, vom Nachbarn, vom Augenblick wollte, aber sicherlich nicht bekam – wandte sich, wie sich die Einwohner einer von Hungersnot geplagten Stadt an das nötige Brot und Fleisch halten, den gütigen Getränken zu, um die Leere zu füllen, den Schmerz zu lindern (das Tablett ins Auge fassen, den Kellner herbei bitten, das Glas greifen), und die Spuren dieses allgemeinen, dieses seltsamen ungestillten Hungers zeichneten sich deutlich ab auf allen erhitzten, sich auflösenden Gesichtern.

Würde man es ganz und gar vergnüglich nennen können? Sieh dir die Gruppen an, die Paare – man war eifrig dabei, machte Konversation, nahm einen herzhaften Schluck, nippte vorsichtig, das Cocktailglas in der einen, die Zigarette in der anderen Hand, trat von einem Bein auf das andere, blies seinem vis-à-vis den Rauch ins Gesicht und ließ dabei den Blick wandern, die Gedanken schweifen, während das Herz sich sehnte; und in diesen vorbei eilenden, hastigen Tagen im Zeichen des Wettkampfs war Ruhm beinahe, wenn nicht ganz, in jedermanns Reichweite; und wenn man an den prekären Vorgang dachte, der einen plötzlich ins magische Rampenlicht setzte – dieser ganze diffizile Publicity-Apparat – die Kurzbiographien, die Waschzettel, das Geschwätz – Radio, Film und Presse hilfreich bei dieser Produktion, und auf so breiter Ebene – bei dieser Massenproduktion, daß man auf Schritt und Tritt nicht nur diejenigen, die einen sahen, sondern auch sich selbst begegnete, sich tausendfach gespiegelt entgegenblickte, die eigene Stimme als Echo von zahllosen Wänden und Gängen vernahm. War es da verwunderlich, daß in Gegenwart all dieser Berühmtheiten, so vielen auf einmal ausgesetzt – das Herz auf gewisse Weise verstört war – man ein Unbehagen und ein Unwohlsein im Umgang der Menschen miteinander spürte?

Und auf einmal fühlte sie sich befreit von all diesen Fesseln, erfüllt von Neuanfang und Erkenntnis, und jedes Gesicht, in das sie blickte, schien ihr etwas von außergewöhnlicher Bedeutung zu offenbaren – einen Herzenszustand, und ihre Gedanken riefen, geordnet nach Hierarchie und Rang, ihre eigenen Gefühle und Impulse auf den Plan – Wünsche, und geleitete sie zu dem plötzlichen, dem sich triumphierend bahnbrechenden Glauben, daß es in ihr (*in vino veritas, in vino veritas*) gewisse wiederkehrende und dominierende Bedürfnisse gab, Bestrebungen, die es wert waren, behutsam bedacht zu werden, daß es galt, diese zu isolieren, und sie war entschlossen, sich nicht weiter mit dem Beunruhigenden, dem Quälenden abzugeben; dem Geselligen und dem Trivialen, sondern ihren heimlichen Zielen und Zwecken treu zu bleiben und unter keinen Umständen die Kosten dieses festen Entschlusses mit Widerwillen zu tragen.

Und sie betrachtete die Gesichter – fühlte sich entrückt, unabhängig – begann ein paar kleine, selbst erfundene Melodien zu summen – »Tra la la – Fortune frowns on Paula Downs« – (die noch immer um die Aufmerksamkeit Slades kämpfte) – »not at all, Mary Paul – not at all – not at all« (die zum zweiten Mal von Loeb zurückgewiesen wurde). Und »Mrs. Ross Taite must stand and wait – must jolly well wait – at the pearly gate; Tra la, la, la-la-la la«, und sie bemerkte die außergewöhnlich feinen Züge und den Ausdruck im Gesicht von Swensen, dem dänischen Karikaturisten (so bescheiden, so ruhig im Gespräch mit der Dame in Schwarz), und auf einmal wandte sie ihre Aufmerksamkeit dem seltsamen Herrn zu, der gerade mit Marcia Weed hereinkam (denn irgend etwas zog ihren Blick an. Wo hatte sie ihn schon einmal gesehen?). Und dann spürte sie, wie Freddie Macauliff, der ihr so ausgesprochen unangenehm war, auf sie zutrat, eine Hand an die Wange gepreßt, um eine gewisse Dringlichkeit und Erregung zu suggerieren, freundlich nickend (denn wer blieb schon gerne allein auf diesen Veranstaltungen – wer konnte das länger ertragen?).

Er begrüßte sie mit keinem Wort, sondern verkündete, als erwarte er ihre ungeteilte Aufmerksamkeit, daß er eine wundervolle Idee habe; er müsse ihr davon erzählen; sie sei bestimmt, das wisse er, interessiert.

Während sie ihr Bestes tat, sich nicht anmerken zu lassen, was sie von ihm hielt, denn er war ein Langweiler erster Güte, und warum er immer gerade sie aussuchte, blieb ihr schleierhaft, während sie sich sogar Mühe gab, so interessiert wie möglich zu erscheinen, bat sie ihn, ihr zu erzählen – von seiner wundervollen Idee.

Also, hier sei sie; er wolle sie ihr so erzählen, daß sie sie ganz verstünde. Wäre es nicht faszinierend, wirklich absolut faszinierend – eine Komödie im Stil von Wycherly zu schreiben, wobei der Ort der Handlung (und an dieser Stelle nahm er die Hand von der Wange und machte eine alles umfassende Geste) genau wie dieser hier wäre – die Lenny Weeds Cocktailparty? Alles ließe sich so wunderbar stilisieren – anstelle von Fächern, Cocktailgläsern, Zigaretten (die Hand wanderte wieder zur Wange, er betrachtete die Szene). Er habe sich eine hervorragende, eine ungezogene kleine Handlung ausgedacht, die er natürlich nicht enthüllen würde, aber er habe vor, sie durch höchst geistreiche Dialoge zu entwickeln – kleine Konversationskunststücke, geschliffene Bouquets, die verhüllen, andeuten, verweisen sollten, wie die Fächer und Accessoires, und alles charmant begleitet vom Rhythmus des Cocktailglases, der Zigarette, dem herrlichen, dem libidinösen Witz der Restauration – der, und stimme sie ihm da nicht zu, der heutigen Anspielung und Anzüglichkeit vergleichbar sei? Er beabsichtige, seinen Charakteren symbolische Namen zu geben – Lydia Libido – Ida Id – Prysilla Psyche.

Gewiß eine äußerst amüsante Idee, sagte sie; aber offen gestanden, wenn er ihr das nicht übelnehmen wolle, sie glaube nicht, daß unsere heutigen Verhaltensweisen sich auch nur im entferntesten mit denen der Komödie zur Zeit der Restauration vergleichen ließen, als man sich eng an formale Muster hielt, als sogar alles, was mit Sex zu tun hatte, an Regeln gekettet war, so streng formal wie Figuren in einem Tanz. Hier führten wir alle unseren kleinen *pas seul* auf – eine Orgie miteinander ringender Schritte, miteinander streitender Egos. Habe er das Ego jemals so zügellos gesehen – auf der Suche nach dieser Gestalt und jener, denn es wollte ein anderer sein, als man war, etwas anderes haben, als man hatte, sich in den vielen Formen, Haltungen, den Gesten des Ruhms, der Berühmtheit – des Erfolgs sehen? Denn schließlich konnte einem in New York, wo die Geschenke sagenhaft, die Belohnungen verblüffend waren, alles widerfahren; und dann noch soviel Glamour ausgesetzt sein – um genau zu sein, den Lenny Weeds Cocktailparties ausgesetzt sein.

Aber was, fragte er, meine sie denn; er fürchte, sie nicht verstanden zu haben – würde sie das bitte erklären?

Ja sicher doch, wenn sie sich nicht sehr irre, und sie blickte sich im Raum um – tausche niemand mit niemandem etwas aus. Und seien wir nicht alle mit mehr als melancholischen Verabredungen beschäftigt – und gingen dabei nur mit uns selbst zu Rate? Wenn sie sich die passenden Konversationsteile ausdenken müsse, bestünden sie aus reinen Monologen – jeder spräche mit sich selbst, niemand höre einem anderen zu. Was sie beträfe, sie fände eine Cocktailparty eine höchst einsame Zerreißprobe.

Er wiederholte, er fürchte, sie nicht verstanden zu haben – wisse nicht, was sie meine. Könne sie das etwas deutlicher erklären?

»Ja, also – bitte, Freddie – sehen Sie sich doch nur um«, bat sie ihn, »betrachten Sie die Gesichter.«

Das, versicherte er, tue er gewohnheitsmäßig; und nachdem er unter großen Schwierigkeiten den Impuls, sich umzudrehen und sie stehen zu lassen, unterdrückt hatte, fragte er, ob da nicht der große Brodansky käme – sehe sie Brodansky?

Ja, sie sehe ihn; jeder sehe Brodansky. Jeder sehe Rosa Locke – Loeb. Und genau dies habe sie gemeint. Würde er sie bitte alle ansehen? Würde Freddie sich die Gruppen und Paare ansehen? Wer sprach wirklich mit jemandem? Sie trieben Konversation, sie lachten, sie setzten das nötige Lächeln auf und wieder ab, sie machten die passenden Gesten. Aber könne er denn nicht sehen, daß jeder diesen wandernden Blick – diese umherschweifende Aufmerksamkeit habe? Niemand höre einem anderen wirklich zu. Sehen Sie sich diesen ungestillten, diesen hungrigen Ausdruck der Gesichter an. Jeder habe das Gefühl, der Augenblick müsse etwas bereithalten, das befriedigender wäre als das, was er tatsächlich bot – etwas wirklich Immenses. Sehen Sie sich alle an! Sie pafften ihre Zigaretten, sie lachten, sie redeten – aber sie seien geistesabwesend, die Augen wanderten, die Herzen verzehrten sich – genau, hätte sie gerne gesagt, wie Ihres gerade, mein lieber Freddie; aber statt dessen fragte sie ihn, ob er ihr sagen könne, wer das hübsche Mädchen sei, das dort hinten in der Ecke des Raums mit dem alten Professor Jenks im Gespräch sei.

Ja, sagte er, sie hieße Frances Templeton – eine sehr enge Freundin von ihm – eine junge Schriftstellerin mit exzeptioneller Begabung.

Der Professor, fuhr sie fort in der sadistischen Absicht, ihn nicht zu schonen und mit den nackten Tatsachen zu konfrontieren, hielte eine weitschweifige Rede – und seine kleine Miss Templeton sehe sich umgeben von so vielen erlauchten Persönlichkeiten, mit denen sie liebend gerne ins Gespräch käme, daß sie ganz offen ihr Desinteresse an seinen Worten zeige. Also ehrlich, könne Frankie nicht zugeben, daß seine kleine Freundin unverblümt ihre Langeweile zum Ausdruck bringe, und meine er nicht, daß sie, getrieben von Enttäuschung und Gier, sich wahrscheinlich sage: »Dort ist Whittridge Knight, der Schriftsteller, und hier neben mir steht Slade, der Korrespondent, und dort drüben plaudert Mary Paul mit Geoffrey Bains; und wenn es mir gelänge, einen von ihnen für mich zu interessieren, könnte ich vielleicht die Gelegenheit beim Schopf ergreifen – die günstige Gelegenheit für meine Karriere nutzen; denn auch ich habe Talente, es wird nicht mehr lange dauern, und die Türen werden sich mir öffnen, ich werde die Schwelle überschreiten – und magische Räume betreten. Aber wie kann ich meinem alten Professor entkommen, wie kann ich mich dieser entsetzlichen Langeweile entziehen?«

»Wie kann sie das?« fragte Freddie, ohne einen Versuch zu machen, seine Verwirrung zu bemänteln.

»Mary Paul«, fuhr sie fort und gab dabei ganz ihrem Drang nach, ihn noch weiter zu verwirren, »blickt hoffnungsvoll in Slades Richtung; ›wir sind fähige Menschen‹, sagt sie zu sich selbst, ›wir sollten uns nicht mit solchen Nullen abgeben.‹ Aber er vermeidet noch immer ihren Blick. Paula Downs läßt jetzt ihre Augen wandern. Sehen Sie – sie verbeugt sich vor dem großen Brodansky. Und wie geschickt er vorgeht – schafft es immer, seinen Bewunderern zu entgehen und sich voll und ganz den Cocktails und Kanapees zu widmen. Und dort, in dieser äußerst bizarren Aufmachung, kommt die berühmte Mrs. Green. Sie schreitet in den Raum; sie taxiert uns alle mit einem flüchtigen Blick, sie mißbilligt uns – aber nein, ihre Augen haben Brodansky entdeckt. Sie entschließt sich zu bleiben. Also wirklich, Freddie – wo liegt hier die Ähnlichkeit zum Drama der Restauration?«

»Nirgendwo« (es wie ein Kind eingestehend), »das heißt«, fügte er hinzu, »wenn man es auf diese Art und Weise interpretiert«, aber er habe sich mit all diesen Randproblemen nie befaßt – zu offensichtlich, zu offensichtlich. Und plötzlich war seine ganze Aufmerksamkeit da, sein Interesse, und einladend nickte er Paula Downs zu, die, gekleidet in ein leuchtend blaues Bolero, mit einer Mischung verschiedener Lächeln aus ihrer Ecke hervorschoß, Zigarette und Cocktailglas zum Gruß schwenkte und mit einer phantastischen kleinen Pirouette, einen Fuß nach links werfend, einen Fuß nach rechts werfend, auf ihn zugetanzt kam.

»Freddie«, hauchte sie und fiel ihm um den Hals, »Freddie Macauliff.«

»Darling«, entgegnete er und half ihr, das Gleichgewicht zu finden, den Hut zurechtzurücken, »wie *geht* es dir?«

Sie bedachte Millicent mit einem verspäteten Nicken. Wie sie sich befinde? Und was sie quer durch den ganzen Raum getrieben habe, sagte sie, sei die Frage, könne einer von beiden ihr sagen, wer das sei, den Marcia Weed im Schlepptau mit sich führe? Er habe einen Oxford-Akzent und er sei einfach *zu* amüsant – wer *sei* er?

Unter den Lachsalven, die jetzt zu hören waren, drehte Millicent sich nach dem fraglichen Gentleman um, der die kleine Gruppe um sich ganz in seinem Bann hielt. Er schien eine Geschichte zu erzählen, und zwar nach allen Regeln der Kunst, denn er verzog keine Miene, deutete nicht das kleinste Lächeln an und machte insgesamt den Eindruck, als rezitiere er etwas, das er auswendig kannte. Inmitten der Fröhlichkeit, die er hervorrief, stand er ruhig und gelassen da, eine Hand am Hinterkopf. Aber das Faszinierende, das wahrhaft Fesselnde seiner Person lag darin, daß er bei seiner eigenen Rezitation nicht anwesend zu sein schien, denn sein lebendiges, fühlendes Selbst – dieses schöne liebe Wesen, war unsanft beiseite geschoben worden, gerettet vor jedem Kontakt oder Verkehr mit dem elegant gekleideten, dem modischen Herrn reifen Alters, der seine sorgfältig kalkulierten Punkte zusammenzählte – hatte sich von ihm gelöst und lief vor aller Augen davon, ließ das Taschentuch flattern, straffte den Schleier, griff nach den Bändern, fuhr sich kokett durchs Haar, ohne daß sein weiblicher Charme verlorenging; und als die Rezitation fast beendet war, seine Hand noch immer am Hinterkopf ruhte, die Schultern leicht hochgezogen verharrten, die Augen unter den Lidern rollten, ohne den Enthusiasmus des Publikums zu quittieren (jeder schüttete sich aus vor Lachen), beugte er sich affektiert, damenhaft nach vorne und setzte sein Glas auf einem Tisch in Ellbogenhöhe ab.

Plötzlich sahen seine Augen auf und wanderten, während sein Gesicht noch immer ohne jeden Ausdruck war, durch den Raum, blieben vage auf Millicent liegen und fixierten sie einen Augenblick lang mit einem milden, einem blauen und unschuldigen Blick.

Sie sah ihm direkt ins Gesicht – oh, bestimmt nicht, das konnte gar nicht sein – bestimmt *nicht*.

Und jetzt kam eine neue Ablenkung – aus dem ganzen Raum erschollen entzückte und erstaunte Ausrufe, denn eine sehr, sehr alte Dame – man konnte sehen, mit welchem Stolz und welcher Wonne allein über die Bravourleistung ihres Auftritts – kam an Lennys Arm herein. Sie trug einen weiten schwarzen Rock, ein schwarzes Mieder mit einer Reihe kleiner Knöpfe vorne, das eng wie ein Handschuh saß, eine schneeweiße Kappe auf schneeweißem Haar, weiße Rüschen an Hals und Armgelenken und eine große schwarze Onyxbrosche, in deren Mitte große Perlen ein Kreuz bildeten und damit sowohl für eine dekorative als auch eine religiöse Note sorgten. Sie kam mit ziemlich forschem Schritt; ihre Adlernase und ihre spitze Oberlippe verliehen ihr eine erstaunliche Ähnlichkeit mit einem Papagei. Leicht auf Lennys Arm gestützt, mit den fliegenden Röcken und ihrer hohen, krächzenden Stimme, die mit jedem Wort eine andere Tonlage traf, erinnerte sie an einen auf seinem Handgelenk thronenden Falken, während er sie mit vor Stolz geschwellter Brust allen zur Bewunderung hinhielt.

Eine reich geschmückte Dame in lachsfarbenem Kleid, begleitet von Myron Heartly, dem Ägyptologen, stieß Millicent an, um besser sehen zu können, und der junge Mann erklärte, eine so alte Dame zur Großtante zu haben sei in der Tat eine gesellschaftliche Auszeichnung. Noch nie habe er so etwas wie sie gesehen, außer vielleicht unter einer Trauerweide auf einem alten, alten Friedhof. »Unbezahlbar, unbezahlbar – wenn das kein viktorianisches Relikt ist«, sagte die lachsfarbene Dame, während Millicent, als sie versuchte, einen Blick auf das Ausstellungsstück zu erhaschen, sich so urplötzlich in das erregende Geschehen hineingezogen fand, daß ihr keine Zeit blieb, sich innerlich darauf einzustellen.

»Zu schön, um wahr zu sein«, wiederholte die reich geschmückte Dame.

»Unglaublich!« sagte der Ägyptologe.

»Welch eine Würde!« rief Freddie Macauliff aus. »Welch eine Aristokratin!«

»Wie lange hat Lenny sie auf Lager gehabt? Die beste Show, die sie bisher auf die Beine gestellt haben«, sagte Paula Downs.

»Meine Liebe«, rief Lenny und gab sich alle Mühe, so dringlich wie möglich zu klingen. Indem er die Hand hob, führte er Millicent in die allererste Reihe der Vorstellung und sagte: »Aunt Harriette besteht darauf. Sie besteht darauf.«

»Milly Munroe«, krächzte der alte Papagei und flog von seinem Sitz direkt in Millicents Gesicht, wo er sie zuerst an der rechten Wange und dann an der linken pickte – »Milly Munroe!«

»Miss Harriette Howe, ausgerechnet Sie!« rief sie aus,

während sie die Küsse der alten Dame erwiderte. »Miss Harriette – meine liebe Miss Harriette – so eine Überraschung.«

Die Erscheinung zupfte an Lennys Ärmel. Sie hob verneinend einen knochigen Finger. Sie sei keineswegs überrascht, sagte sie, das kleine Mädchen, die Tochter ihrer ältesten Freundin, hier unter all den Berühmtheiten zu treffen. Und was *mache* sie?

»Nichts, Miss Harriette – gar nichts.«

Das könne sie ihr nicht weismachen. Der Finger verneinte mit aller Kraft – ein bemerkenswertes Kind – mit ihrer Liebe für kleine Dinge – für sehr, sehr kleine Dinge. Wie sehr sie kleine Dinge geliebt habe. Sie kreischte es Lenny entgegen – dem ganzen Raum entgegen, und ihre Stimme erhob sich zu einem spitzen, entzückten Schrei – »die ganz kleinen Dinge.«

»Welche kleinen Dinge?« fragte Freddie Macauliff.

Oh, sagte sie schelmisch, kokett – im Versuch, Millicent mit der Aura ihrer kindlichen Überspanntheiten auszustatten – Grashüpfer, Grillen, Marienkäfer, Schmetterlinge, Raupen, Ameisen. Könne Millicent sich erinnern, wie sie immer herumgeschlichen war – an den Wiesenrändern gelegen und gelauscht habe – heimlich gehorcht? »Wir haben sie immer fortgescheucht«, sagte sie – begleitete ihre Worte pantomimisch »husch-husch.«

Ja wirklich, Miss Harriette, sagte Millicent, sie erinnere sich; sie erinnere sich sehr gut.

Sie dürfe nicht Miss Harriette sagen, verbesserte Lenny. Das hier sei Madame Greenfeld – die berühmte Madame

Greenfeld, stellte er sie mit großer Geste ihrem Publikum vor.

Und sie machten weiter, während Miss Harriette erklärte, daß das liebe Kind, wenn es sie gerne Miss Harriette nenne, das auf jeden Fall auch tun dürfe, bestand Lenny – mit allem Nachdruck auf dem Nichtigen und Dekorativen, der ihn zu diesem ausgezeichneten Impresario machte – darauf, daß ihr alle Ehrerbietungen ihres Standes gebührten, und er verbeugte sich galant vor der alten Dame, die ihre Rolle, in die er sie zwang, annahm und die Verbeugung mit einem antiken Knicks erwiderte, und Millicent bat um Entschuldigung, denn nie könne sie anders als mit ihrem alten vertrauten Namen an sie denken – und dann erschien Paula Jones auf der Bildfläche, und Swensen, der dänische Karikaturist, tauchte mit Loeb und Mrs. Green auf, und alle verlangten mit großem Getöse nach einem Wort mit der alten Dame, denn weil alle annahmen, sie sei taub, schrien sie so laut wie nur möglich.

Paula Downs schrie Miss Harriette ins Ohr, sie sei wunderbar, und Lenny schrie sie zu, sie sei das perfekte Modell für ein »Profil« im *New Yorker*, und glaube er nicht, daß sich das arrangieren ließe – würde Madame Greenfeld nicht ein »Profil« von sich gefallen?

Ihr gefiele das ganze Gesicht von vorne besser, krächzte sie zurück. Ihr Profil habe sie noch nie leiden mögen – einem Papagei zu ähnlich.

Hier kreischten alle vor Vergnügen, und Paula versuchte, ihr die Sache mit dem »Profil« zu erklären.

Gewiß – gewiß, sagte die alte Dame – es sei schwer für sie, mehr als einen Gedanken zur Zeit zu verarbeiten, und sie habe sich noch nicht von der Überraschung erholt, die Welt sei so klein – hier in der Wohnung ihres Neffen, man stelle sich das nur einmal vor, die kleine Milly Munroe, die Tochter ihrer alten Freundin – ein außergewöhnlicher Zufall. Und sie hätten ja keine Ahnung, was für ein außergewöhnliches Kind sie gewesen sei – immer so sehr interessiert an kleinen Dingen – an sehr, sehr kleinen Dingen.

Und dann, auf einmal, wie es diesen Parties nun einmal eigen war und Situationen sich auflösten und ineinander übergingen – in so raschem Wechsel sich die Tore der Empfindungen öffneten und schlossen, Aussichten und Landschaften des Herzens freigaben – einen auf so viele verschiedene Pfade des Gesprächs führten, schon fand sie sich im Gespräch mit Swensen, dem dänischen Karikaturisten, der offenbar ein großes Interesse an der Flora fremder Länder hatte und, wie er ihr erzählte, einmal in einem Blumenladen einen dicken rosa Strauß sehr kleiner Blumen gekauft hatte, deren Duft ihn in Gefilde unbeschreiblicher Wonnen versetzt habe. Könne sie ihm etwas über die Blumen sagen? Wo würden sie wachsen? Und habe sie jemals selbst welche gepflückt?

»Arbutus!« sagte sie und hatte das Gefühl, als ob sie und dieser liebenswerte Däne diesem Raum und allen Menschen darin entschwebten in ein privates Königreich, wo sie gemeinsam ein reines, ein unverfälschtes Erlebnis teilen könnten. Ja, in der Tat, sie habe sie oft gepflückt. Sie wuchsen, sagte sie, an waldigen Plätzen und häufig, wenn der Schnee noch in Resten auf dem Boden lag – und plötzlich getrieben von dem Drang, den Fundort genau zu beschreiben – dieser Erregung, die alle Vorsicht in den Wind schlug – diesem Gefühl, der Offenbarung auf der Spur zu sein – auf den Knien in den Aprilwäldern, an den Stielen zerren, die Wurzeln der Farne lösen – den lockeren Waldboden, die Kiefernnadeln mit den nassen Pflanzen bedecken, alle noch in ihrem leblosen Winterkleid – die Erde riechen, den schmelzenden Schnee, sie dort so rosa, so perfekt, bescheiden, klar, ihr Duft wie ein Sakrament; dabei wußte sie natürlich nicht, ob sie diese Gedanken, und wenn ja, welche, laut ausgesprochen hatte, aber sie empfand sie alle so intensiv.

Nichts, sagte Mr. Swensen, übertreffe die kleinen Blumen des nördlichen Frühlings. Er könne, versicherte er, keine besseren Worte finden als ihre – bescheiden, perfekt, klar – und er erzählte ihr über die Blumen seines Heimatlandes, wählte einige Beispiele – nannte ihre dänischen Namen und beschrieb sie mit einer Präzision und Ökonomie, die, überlegte sie, gleichzeitig Poesie als auch Botanik war – und kenne sie, fragte er, diese hübschen Blumen mit der himmlischen Färbung, die an ziemlich schwachen und seidigen Stielen wuchsen.

Hepaticas – oh ja, gewiß doch, und ihr war, als nehme sie die Pflanze aus seinen Händen, die Farbe des Morgens und der Abendwolken auf ihren Blütenblättern – dämmerungsrosa, amethyst, rauchblau – während sie Miss

Harriette Howe noch immer krächzen hörte, die mit ihren gebrochenen, papageiartigen Schreien protestierte, eine Voderansicht sei ihr lieber als ein Profil – und Lenny Paula zurufen hörte, daß sie es lieben würde – Tante Harriette würde es lieben – für ihr »Profil« zu sitzen; sie würden sie über Nacht berühmt machen.

Es gebe, sagte sie, den Star von Bethlehem – oder Quaker Lady – Unschuld – ganz wie er wolle: Sie glichen in ihren Blütenblättern genau Arbutus – aber zarter, fragiler – die Farbe wie Luft, Nebel, ein Aprilschauer, mit einem beinahe unsichtbaren, gelben Stiel, dünn wie ein Fädchen. Die Zahllosen, die Heerscharen – die Vielen nannte sie sie – denn sie wuchsen so üppig – in solchen Mengen, und man könne ihnen beim Wachsen fast zusehen (die Erinnerung war so lebendig, an jenen Nachmittag im Mai, als sie gehüllt in einen Schleier aus Regen und Regenbogen mitten in ihnen gestanden hatte – zu ihren Füßen waren sie frisch und rein emporgesprossen).

Und als sie sich dann kopfüber in den Sommer stürzte, kenne er, frage sie sich, kenne er *pirella, pipsissewa* – und die seltsamste von allen – Indian Pipe – wild – wie eine Erscheinung – aus Frost, aus Schnee hervorgezaubert – der dicke Schneestiel, die dünnen eisigen Kelchblätter an jedem Knoten, die schwere Schneeglocke, wie gemeißelt – dieser mattgoldene Ring aus Staubgefäßen – wie dieser Hauch von Gold auf den Unsterblichen (Immortellen). Indian Pipe, sagte sie, sei der kleine Geist, der zurückkehrte, um die Augustwälder heimzusuchen.

Er schrieb auf, sehr akkurat – Indian Pipe – Geist – kehrt zurück. Ja, sagte er, er glaube, die Pflanze zu kennen. Sie sei, meine er, ein Pilzgewächs. Es werde schwarz, kurz nachdem es gepflückt sei. Unheimlich, wirklich unheimlich. Und da eine Uhr fünf schlug, steckte er sein Notizheft in die Tasche. Er fürchte, er müsse gehen. Ihre Unterhaltung habe ihn länger festgehalten, als er geplant habe. Aber wie oft biete sich einem die Gelegenheit zu einem so kongenialen Gespräch? Er verbeugte sich; er dankte ihr sehr höflich, sehr herzlich. Dann verließ er sie und ging zu seiner Gastgeberin, sagte ihr Aufwiedersehen, verließ den Raum unter Verbeugungen.

Sie blickte ihm nach – der netteste Gentleman, der ihr begegnet war, dachte sie, und es schien ihr, als sei ihr Herz, der Raum, die ganze Welt gestirnt und geschmückt mit kleinen kandierten Blumen.

Aber dann auf einmal zerstörte sie ein plötzlicher Frost, denn dort kam aus dem Eßzimmer, gefolgt von dem jungen Price und seinem anonymen Begleiter, Bridget, und direkt hinter ihnen der alte Mr. Andrews, der mit der einen Hand fröhlich winkte, um die Ankunft seiner Truppe anzukündigen, und mit der anderen Percy fest im Griff hatte und versuchte, seine Schritte zu regulieren und ihn vorwärts zu treiben. Und als sie den unmißverständlichen Ausdruck von Zorn auf Percys Gesicht wahrnahm, war ihr augenblicklich klar, daß sich seine Wut gegen sie richtete. Alle Irritationen, die sie seit dem gemeinsamen Mittagessen in ihm ausgelöst hatte, waren in seinem Kopf zu einer wilden, verwirrten und betrunkenen Annahme zusammengeflossen, daß sie bewußt darauf aus gewesen sei, ihn in die Falle seiner entsetzlichen, seiner hoffnungslosen Lage tappen zu lassen. (Denn war nicht sie verantwortlich sowohl für die Tatsache, daß diese beiden jungen Männer anwesend waren, als auch dafür, daß er anwesend war und schließlich auch noch für diese unglaubliche Unverschämtheit – ihn in Mr. Andrews Plan zu verwickeln, eine Party für sein Buch geben zu wollen?) Während sie ihn mit Furcht betrachtete, mit Bestürzung, und gleichzeitig wahrnahm, daß Marcia Weed nach Bridget rief, sah sie, daß Bridget stehenblieb, sah sie, daß Andrews einen Moment lang stehenblieb und seinen Griff um Percys Arm lockerte. Sie hörte Bridgets durchdringenden Ausruf des Erstaunens.

»Aber Christopher – Christopher Henderson!«

Ihre Augen starrten auf die Begrüßungsszene. (Dann war es also doch Christopher Henderson.) Sie sah ihn die Schultern heben, ihre Hand nehmen, zu den Lippen führen; und Bridget erlaubte ihm, mit dieser unnachahmlichen Gabe, aus jeder Situation das herauszuholen, was ihr an menschlicher Komödie innewohnte (sie begleitete ihre kleine Boshaftigkeit mit einer Leichtigkeit, einer Gewandtheit und Eleganz, daß keine Gefahr bestand, er könne merken, daß sie sich ein wenig, fast liebevoll über ihn lustig machte), sie erst auf die eine, dann auf die andere Wange zu küssen, wobei sie ihn wortwörtlich zitierte – »Nein so etwas, daß wir uns hier treffen«, und sie legte ihre Hand an den Hinterkopf, als wolle sie eine widerspenstige Locke ordnen, raffiniert, schäkernd, zur privaten Unterhaltung der beiden jungen Männer, die daneben standen und ihr vollkommen gefesselt zusahen.

»Meine liebe junge Frau«, keuchte Christopher und simulierte einen Schwächeanfall, »meine liebe junge Frau, wie einzigartig.«

Millicent wankte zurück. Fühlte sie sengende Hitze oder beißende Kälte auf der rechten Wange, auf der linken? Das ganze Unglück, das über ihr schwebte, und die grausamen, unglaublichen Begebenheiten, aus denen es sich zusammensetzte, besaß weder Folgerichtigkeit noch Gültigkeit, sondern schien sich zu ereignen wie jene tödlichen Blitze, wenn gleichzeitig der Donner rollt und losgeht, alles im selben Moment. Percy holte aus, bereit, sich zum zweiten Mal auf sie loszustürzen – »Millicent, du Idiotin, du riesengroße Vollidiotin!« Und Bridget schoß wie ein Pfeil auf ihn zu – »Wie kannst du nur, Percy! Millicent ist deine Freundin!« – und schlug ihm voll ins Gesicht. Und der junge Price streckte ihn mit einem kräftigen, gut plazierten Treffer zu Boden, haute ihn nieder, daß er wie ein Kegel umkippte. »Sie ungehobelter Kerl, Sie verdammter Kerl!« Und alles stürzte, krachte, splitterte – Cocktailgläser, Bücher, ein Stuhl, ein glänzender Glastisch, eine große Vase mit Pfingstrosen. Und Percy, der am Boden lag, bedeckt mit den blutroten Blütenblättern der Pfingstrosen, das Blut strömte von seiner Stirn übers Gesicht, so gut wie ermordet, so gut wie ermordet, entschied sie, als sie die scharfe Kante des gesprungenen Tisches entdeckte und bemerkte, daß sie auf allen vieren neben Bridget kniete und ihr half, ihn umzudrehen, ihn anstarrte und Miss Harriette Howes Schreie und Paula Downs laute Nebenbemerkung hörte – »Die beste Show, die sie bisher auf die Beine gestellt haben« – und die Erwiderung des jungen Heartly – »Sie wissen, wie man Akzente setzt – denkt nur an all die Leute – denkt nur an all die Namen!« Und währenddessen versicherte Bridget, die Percys Stirn mit diesem absurden kleinen Quadrat aus Batist, in das rote und blaue Hähne eingestickt waren, betupfte, er käme schon wieder zu sich – die Verletzung sei nicht ernst, das Problem sei vielmehr, daß er zu viel getrunken habe, hoffnungslos leide, denn sie glaubte, sie allein sei für alles verantwortlich, griff nach dem Taschentuch von jemandem und unternahm den hilflosen Versuch, Percys Kopf zu bandagieren – wobei sie aus tiefster Seele darum bat, er möge augenblicklich wieder das Bewußtsein erlangen, und ihn anflehte, ihr alle Fehler und Vergehen zu verzeihen – all ihre Unzulänglichkeiten; denn gewiß trüge allein sie die Schuld an diesem Unglück.

NEUN

Es war wie ein Alptraum, eine leichte Brise kam durch die Fenster herein, bewegte sanft die Vorhänge, brachte diesen Geruch nach Sommer mit sich, trug das Rauschen der Straßen unter ihnen herauf, und Bridget dort am Fenster, das umwerfende Ensemble blutgetränkt, und der arme Percy bewußtlos auf dem Bett, das Blut sickerte durch die Verbände, lief seine Wangen hinunter, befleckte die Kissen, und der Lärm der Party im Nebenzimmer ging unvermindert weiter.

Habe sie das Gefühl, fragte Millicent, daß sie alles träumten und daß sie gleich aufwachten, um zu entdecken, daß alles nicht wahr sei?

Nur gemeinsam würden sie aus dem Alptraum erwachen, antwortete sie. Es ginge nicht um die eine oder andere makabre Begebenheit. Die Vorstellung sei fortlaufend – alles zusammen, bis zum Rande des Abgrunds. Und der eine sei ebenso verantwortlich wie der andere. Es sei da etwas Persönliches, etwas Unstillbares – das alles wolle und nichts bekomme. Vielleicht, wenn die Qual des Herzens groß genug sei.

Wann, glaube sie, wäre der junge Price zurück? Ihr schiene es eine Ewigkeit, daß er fort sei.

Sie sah auf ihre Uhr. Er war erst eine Viertelstunde fort. Gewiß gebe es einen Arzt im Gebäude. Er käme sicher gleich mit einem wieder.

Aber, fragte Millicent – könne er das? Es sei nicht so leicht, einen für einen Notfall zu bekommen – und sie hätten einfach Pech, daß sich keiner der Ärzte, die sie kannten, in der Stadt aufhielt. »Wäre es nicht besser gewesen, sie hätten einen Krankenwagen für ihn geholt? Alle Ärzte der näheren Umgebung sitzen jetzt wahrscheinlich beim Essen. Versuche einmal, einen von seinem Tisch loszueisen.«

Bridget stand auf und ging durch das Zimmer. Sie griff nach Millicents Hand. Sie dürfe sich nicht so nervös machen lassen, sagte sie. Es stehe eins zu einer Million, daß es sich um eine tödliche Wunde handele. Es sei natürlich eine unangenehme Angelegenheit. Und der arme unglückliche Junge, welche Angst er habe, er könne ihn umgebracht haben, ganz außer sich vor Angst. Aber sie glaube, es werde alles gut. Sie brauchten nur einen fähigen Arzt, der seine Wunden vernähe und ihm etwas gebe, das ihn wieder zu sich bringe. Das Blut sickere durch alle Verbände. Ihr gefalle das nicht. Warum solle die Wunde so stark weiter bluten?

Oh – das sei ein gutes Zeichen, versicherte Bridget – weitaus besser, als wenn sie nicht blute. Die Arterie sei mit Sicherheit nicht getroffen, denn dann gebe es ganze Springbrunnen, was offensichtlich ja nicht der Fall sei.

Millicent versuchte seinen Puls zu finden. Er schiene ihr sehr schwach und unregelmäßig; aber sie kenne sich auf diesem Gebiet auch nicht gut aus. Bestimmt aber sei es kein gutes Zeichen, daß sein Gesicht diese seltsam graue Farbe angenommen habe und seine Haut so angeschwollen und rauh sei.

Der Tod, erklärte Bridget, sei immer ein ehrfürchtiger Bildhauer. Unter den Händen des Todes nehme ein Gesicht Würde an – Schönheit. Immer gebe es Erhabenheit. Aber in der Gewalt dieses betrunkenen Bildhauers verwandele sich der menschliche Gesichtsausdruck in etwas Derbes, Unfeines. Ein gnadenloser Künstler. Wie hungrig, verletzlich – unversöhnt der arme Percy aussehe.

Man würde am liebsten, sagte Millicent, sein Gesicht bedecken.

Sein Problem sei, fuhr Bridget fort, daß er versuche, im Widerspruch zu den Regungen seines Herzens zu leben – das sei Percys Verderben, seine ewige Tragödie. Er sei ein großer Romantiker, in seinem Innersten reines Gefühl. Er könne es nicht ertragen, daß sie so wenig Gefühl für ihr Kind habe, daß sie so wenig von der mütterlichen Liebe wisse. Nur wenige wüßten weniger davon als sie. Und dennoch, als diese Nachrichten aus Wien sie erreicht hätten, da habe sie etwas so Wildes, so Leidenschaftliches gefühlt. Sie könne es nicht erklären, aber sie wisse plötzlich ganz genau, daß es nichts gebe – nichts auf dieser Welt, das sie daran hindern könne – keinen Stein würde sie auf dem anderen lassen, bis sie ihre kleine mißgebildete Tochter in Amerika habe. Sei es Zorn, sei es Empörung? Sie wisse es nicht. Aber so sei es nun einmal gewesen, sie habe um Percys Gefühle für das kleine Wesen gewußt – habe ihn nicht verletzen wollen; und sie habe gewußt, daß er nicht in der Lage sei, ihr zu helfen, habe sich vorgenommen, ihn nicht mit den grausamen Tatsachen zu konfrontieren – sei zu dem Essen gekommen, fest entschlossen, allen weiteren Bemerkungen zu ihrer schwierigen Lage auszuweichen; und dann habe er sie doch darauf angesprochen – denn sie habe keine Alternative gesehen – er habe ihr keine Wahl gelassen – sie habe so drastisch, so knapp und unverblümt werden müssen, so realistisch – das alles sei zu viel für ihn geworden. Es sei ihre Art, damit fertig zu werden – Gefühle zu vermeiden.

Und niemals, solange sie leben würde, könne sie sein Angebot mit dem Honorar vergessen. Millicent wisse nicht, wie weit er diesen Gedanken getrieben habe – zu den Verlegern sei er gestürzt, während sie bei der Schneiderin gewesen waren – mit den extravagantesten Vorschlägen. Er habe sie gebeten, ihm auf der Stelle einen Vorschuß auf jeden Roman, den er bis zum Tage seines Todes schreiben würde, zu bewilligen. Kurzum, er habe ihnen ein höchst verlockendes Spiel angeboten, in dem es um sein eigenes Leben ging. Sie würden, habe er gesagt, darüber nachdenken; er habe ihnen bis zum Ende seines Lebens Bestseller versprochen – das sei sowieso das, wozu er gut sei. Er habe es beinahe einmal aus Zufall geschafft – und wenn er sich wirklich darauf konzentriere, berge das Spiel ein Vermögen. Volltrunken natürlich, und der junge Price die ganze Zeit dabei und die Ohren offen. Guter Gott, sein Gesichtsausdruck, als er den Jungen gesehen habe. Dann der alte Andrews, der mit seiner Party für sein Buch angefangen habe – alles durcheinander gekriegt habe – dem Armen erzählt habe, Millicent kenne Price und den Soundso – sie seien gute Freunde; und die ganze Zeit habe er an nichts anderes denken können als daran, wie die kleine Beatrice zu retten sei.

Dann diese Episode im Algonquin, alles so schnell, wie ein gottgesandtes Eingreifen – die Begegnung mit ihrem Erlöser, als sie es am wenigsten erwartete. Und natürlich, ohne Millicent, der sie die Bekanntschaft zu verdanken habe, befände sie sich wahrscheinlich nicht in der günstigen Lage, über die Millionen des jungen Mannes verfügen zu können; denn, um ehrlich zu sein, sie müsse gestehen, kaum habe sie seinen Namen vernommen, habe es für sie keinen Zweifel mehr gegeben, weder hinsichtlich ihrer Methoden noch ihrer Fähigkeit, das ganze viele Geld ihren Absichten nutzbar zu machen. Aber wie schnell sie habe handeln müssen – ihm den Hinweis mit der Cocktailparty geben, und nur eine Sekunde, die Sache festzumachen, und Percy, der sein Bestes tat, um sie ihrer Rettung zu entreißen. Danach sei alles so gut gelaufen, sogar noch, als Percy in seiner unerträglichen Rede, betrunken wie er war, alles über seine Verleger und ihr armes Kind ausplauderte – und der junge Price die ganze Zeit dabei, habe gerade genug gehört, daß es ihr ganz natürlich erscheine, ihm die volle Wahrheit zu erzählen, solle er danach fragen. Und ihr gemeinsames Essen heute abend und alles.

Es füllte ihr Herz mit Kummer zu sehen, daß, während sie in der ganzen Geschichte mit ihrem, so könne sie es nennen, üblichen Glück abgeschnitten habe, der arme Percy das Opfer ihrer Strategie geworden sei. Millicent brauche ihn sich nur einmal anzusehen, um zu wissen, wie elend sie sich fühle.

Nein! widersprach Millicent. Bridget dürfe sich nicht die Schuld zuweisen. Es sei alles einzig und allein *ihr* Fehler. Sie hätte Percy niemals wissen lassen dürfen, daß sie vorhatten, hierher zu kommen. Er habe ihr so leid getan. Das war stets ihr Unglück – Mitleid mit den Menschen.

Plötzlich sprang die Tür auf, und hineingeleitet von Lenny und Marcia Weed und gefolgt von dem jungen Price durchquerte ein untersetzter kleiner Herr, seinen Dienstkoffer in der Hand, irgendwie erfolgreich von der ängstlichen Besorgnis seiner Begleiter vollkommen gelöst, ohne den Mund aufzumachen und im Gesicht ungezügelten Verdruß verkündend den Raum und begab sich schnurstracks zu dem Bett.

Hier, Gott sei Dank, war der Arzt!

Er drehte schroff, griesgrämig, Percys Kopf – zum Licht und verkündete, als verlese er eine Anklageschrift: »Berauscht – betrunken.«

Natürlich, brach es aus dem jungen Price – wilde Augen – aufgewühlt – offensichtlich am Ende seiner Kräfte. Das wüßten sie alle. Könne er nicht etwas zu ihrer Beruhigung sagen? Die Verfassung des Mannes sei nicht kritisch, oder?

Er wickelte die Verbände ab und befleckte dabei das Kissen und Percys Wange mit Blut; die Wunde sei, sagte er, grauenhaft verbunden, und seine Stimme und auch seine Hände schüttelten sich vor schlechter Laune und Gereiztheit. Würde ihm jemand sofort eine Schüssel Wasser bringen?

Er könne sich nicht, beharrte Marcia Weed, könne sich nicht ihrer aller Besorgnis vorstellen. Der Patient sei doch nicht ernsthaft verletzt? Die Wunde könne doch nicht tödlich sein? Nichts so schockierend wie das hier. Der arme Mr. Jones sei, wie er bereits gesagt habe, ein wenig betrunken – ein wunderbarer Mann, ein Schriftsteller, ein sehr berühmter Romanschriftsteller – Mr. Percival Jones, er müsse ihn vom Namen her kennen.

Es könne durchaus sein, sagte der kleine Mann, ohne seine schlechte Laune aufzugeben, daß Mr. Jones einen tödlichen Schlag erhalten habe. Die Wunde sei in der Nähe der rechten Schläfe; genau auf Parties wie dieser ereigneten sich diese gewalttätigen Szenen. Sie führten, Herrgott noch mal, zur Verletzung seiner sämtlichen Gebote, das sechste eingeschlossen (er nahm Lenny die Schüssel ab). Jetzt müsse er sie alle bitten, abgesehen von Gastgeber und Gastgeberin, die ihm zur Hand gehen könnten, den Raum zu verlassen. Er müsse seinen Patienten untersuchen; er müsse diese häßliche, klaffende Wunde zunähen.

Guter Gott! Schrie der junge Price, könne der Doktor denn nicht seine geistige Verfassung ermessen? Er habe den armen Mann hier nur geschlagen, weil er eine Dame beleidigt hatte. Er habe ihn nur wieder zur Besinnung bringen wollen. Denn er habe, wie alle wüßten, zu viel getrunken; er habe ihn nur zur Besinnung bringen wollen. Jeder Gentleman hätte das gleiche tun können. Könne der Herr Doktor ihn nicht ein wenig rücksichtsvoller behandeln? Erkenne er denn nicht seine nervliche Verfassung?

Er müsse wiederholen, was er ihnen bereits gesagt habe. Er könne keine weiteren Erklärungen abgeben, bevor er nicht seinen Patienten untersucht habe. Er mache es nicht zu seiner Gewohnheit, solche Fälle zu übernehmen. Er finde keinen Geschmack an ihnen. Diese Art Parties seien unzivilisiert. Wir lebten im Cocktail-Jahrhundert. Die Gesellschaft ernähre sich vom Alkohol. Ein babylonischer Moment. Er wünsche, seine Bitte zu wiederholen. Würden alle bis auf die Assistenten, die er genannt habe, den Raum verlassen?

Es stünde eins zu einer Million, erklärte Bridget, die in ihrer blutbefleckten Maßkleidung dastand und ihn gleichmütig anblickte, daß die Wunde tödlich sei – wahrscheinlich eher eins zu zehn Millionen. Er habe eine Diagnose gegeben, der alle zustimmten. Mr. Jones habe zu viel getrunken. Aber, sie würde ihren gesamten Besitz verwetten, sobald er das Bewußtsein wiedererlangt habe, sei er frisch und munter wie immer.

Sie wandte sich um. Sie legte dem jungen Price eine Hand auf die Schulter. »Kommen Sie, mein lieber Junge«, sagte sie. »Komm, Millicent.«

ZEHN

Millicent folgte Bridget und dem jungen Price zurück zur Cocktailparty. Ihr Gefühl, durch einen Alptraum zu schreiten, verstärkte sich – der Glaube, daß sie sich dem Moment des größten Entsetzens näherte.

Dort in der Ecke unterhielt sich Christopher Henderson mit Andrews, und weiße Möwen flogen von den Wellen auf, die Klippen von Cornwall wichen hinter ihm zurück, und die spitze, gebrochene Stimme von Miss Harriette Howe, die aus all dem Lärm und Getöse herauszuhören war, brachte ihr eine rasche Folge kleiner Bilder zurück – ein Haus auf einem Hügel, eine Wiese voller Butterblumen und Gänseblümchen, eine alte Bedienstete mit einer gewaltigen Pompadourfrisur – die außergewöhnliche Fähigkeit des Unterbewußten, aus den gespenstischen Stimmen, Gesichtern Welten der Schönheit und des Terrors herauszufiltern – jene eigenartigen Landschaften, Aussichten des Herzens, in denen sie sich auflösen und allem, das sich ereignet hat, den grotesken und furchteinflößenden Stempel eines Traums aufdrücken.

Der Raum war geladen mit Exaltation – Melodrama. Aus allen Richtungen stürzten Fragen auf sie ein. Sie schienen sie zu erschlagen, zu betäuben, all die vielen

Geschosse, die ihr Herz trafen. Gerüchte kursierten. Spekulationen wirbelten umher. Jemand behauptete, Percy sei tot. Jemand anderes sagte, nein – er liegt im Sterben. Ein Krankenwagen warte. Die Polizei werde jeden Augenblick die Wohnung betreten. Weitere Fragen kamen angeflogen.

»Wie lautete die Diagnose des Arztes?«

»Könnte es sich um Mord handeln?«

»Fahrlässige Tötung?«

»Solle man die Polizei holen?«

»Wäre es nicht schockierend?«

»Entsetzlich?«

»Wie nur konnte es geschehen?«

»Und ausgerechnet den Lenny Weeds –«

»Ausgerechnet denen?«

»Würden sie vernommen werden?«

»Als Zeugen vernommen?«

»Stell dir nur vor –«

»Anzeigen.«

Vollkommen durcheinander und unfähig, auch nur ein Wort zu sagen, wandte sie sich hilfesuchend an Bridget, die, wie sie zu ihrem Erstaunen feststellte (wie konnte sie es wagen, solche Dinge zu sagen?), die Situation ganz leicht und zwanglos zu handhaben schien.

Dort – die eine Hand noch immer auf der Schulter des jungen Price – stand sie und beruhigte jeden in jedem Punkt. »Mord?« wiederholte sie, »fahrlässige Tötung! Du liebe Güte, nein – nichts derartig Melodramatisches! Wer sagte, die Wunde wäre tödlich? Genau das Gegenteil sei der Fall. Der Arzt müsse ein paar Stiche machen. Mr. Jones hatte natürlich, und sehr offensichtlich, zu viel getrunken. Aber wenn man sich darum gekümmert habe, wenn er wieder bei Bewußtsein sein würde, gebe es für niemanden mehr einen Grund, sich Sorgen zu machen. Ja, um wen man sich viel eher Sorgen machen müsse, das sei dieser arme Junge hier.«

Sie nahm die Hand von der Schulter des jungen Mannes. Er müsse, sagte sie überzeugt, jetzt etwas –

»Whiskey – Brandy – Rye?«

Ihre Worte zeitigten unmittelbare Wirkung. Die Äußerungen wurden andere; man konnte nicht wirklich sagen, daß Enttäuschung sich breitmachte, aber dieser Ausdruck von Neuorientierung, einer gewissen Unwilligkeit, auf die hohe Gemütslage und die Spannung eines Melodramas zu verzichten – etwas fiel in sich zusammen, Leere und Ungläubigkeit als erste Reaktion. Und dann, plötzlich, Anpassung an den Spannungsabfall, spontanes zur Schaustellen der vielen eingepferchten, zurückgedrängten Egos – ein allgemeines Bedürfnis, sichtbar hilfreich zu sein – jeder wollte etwas tun – irgend etwas für irgend jemanden, wer es auch immer sei.

Und wie beeindruckend Mrs. Ross Taite jetzt sagte: »Gib ihn ihm pur«, und dann mit großer Wichtigkeit davon spazierte – um zu sehen, ob er ihn pur bekäme, und gefolgt von einem halben Dutzend Menschen, die offensichtlich von demselben mildtätigen Impuls beseelt waren.

Eine neue Gruppe bildete sich um sie, versessen auf

Hilfe und möglicherweise der Quelle ein Bröckchen an Information zu entlocken ...

»Wolle sie eine Zigarette?«
»Wolle sie noch einen Drink?«
»Wie wär's mit einem Aspirin?«
»Sie müsse sich hinsetzen!«
»Sie wolle lieber stehen bleiben?«
»Würde sie ihnen etwas erzählen –«
»Nur irgend etwas?«
»Unglaublich!«
»Aus heiterem Himmel?«
»Er sei ihr Freund gewesen?«
»Wie hervorragend sie sich verhalten habe –«
»Mit so kühlem Kopf – mutig!«

Ein Herr, den sie nicht kannte, sagte, Miss Munroe sei wunderbar – eine höchst bemerkenswerte Frau; und Paula Downs, sich eine Zigarette anzündend, ihren Cocktail schlürfend, stimmte ihm emphatisch zu – »Ein bemerkenswerter – ein wunderbarer Mensch.«

»Einer der Großen«, sagte Mr. Andrews, der jetzt mit Christopher Henderson herankam, den sie mit einem Sonnenhut auf dem Kopf sah, der sich aus dem oberen Fenster eines georgianischen Hauses lehnte, eine Pfeife rauchte, gefertigt aus dem Strunk eines Maiskolbens, und gleichzeitig wurde sie mit ihm fortgetragen zu den sonnigen Wiesen, dem kleinen Widder, der gegen den Wind anlief, Jehova und den Engeln, die in ihre Trompeten bliesen, deutlich in den Wolken zu erkennen, während sie das frisch gemähte Gras zusammenharkte und Klatschmohn, Kornblumen und Margeriten aus ihrem Rechen holte.

Und dürfe er, fragte Mr. Andrews, eine international bekannte Autorin vorstellen? Er müsse von ihren unnachahmlichen kleinen Geschichten gehört haben; er habe sie mit Sicherheit auf der Leinwand gesehen – eine Drehbuchautorin, von Hollywood geliebt – eine Verfasserin geistreicher Artikel und berühmter Geschichten – eine sehr große Dame – Miss Millicent Munroe.

Sie streckte die Hand aus. War es möglich, daß sie einst, und sie blickte in diese vagen, eigenartig ausgerichteten blauen Augen, eine Garbe gebunden hatte, um auf den Altar der Ehe gelegt zu werden – glücklich, sicher, mit Kindern und einem georgianischen Haus und aufregenden Freunden – eine Garbe aus allen Schätzen ihres romantischen Herzens: Dichtung, Leid, Liebe zu Wind und Welle und Wolke? Und wenn sie es bereut hatte, daß sie einmal diesen Antrag abgelehnt hatte, dann hatte sie es millionenfach bereut.

»Einem Besucher aus England, nicht minder berühmt – Mr. Christopher Henderson – *der* Mr. Henderson«, fuhr Andrews fort und rundete seine Vorstellung mit einer pompösen Handbewegung ab.

Und sie lebten glücklich bis an ihr Lebensende, wie man in jenen naiven und weit zurückliegenden Tagen glaubte, als man zweiundzwanzig war und nichts wußte von diesem und jenem und all den anderen Dingen, die man heute kannte – ihn auf so unglaubliche Weise abgewiesen zu haben – ihm ein für allemal eine Abfuhr erteilt zu haben.

»Guten Tag«, sagte er, hob die Schultern, nahm ihre Hand, und – denn er hatte offensichtlich nicht die Absicht, zu erkennen zu geben, und sei es auch nur mit einem Wimpernzucken, daß er sie schon einmal gesehen hatte – sah er sie mit diesem seltsam ausgerichteten Blick an, diesem vagen blauen Starren – »Guten Tag«, und entbot, wie er erklärte, Hollywood seinen Gruß, verbeugte sich, küßte ihre Hand – »Miss Millicent Munroe«, sprach den Namen zweimal aus und nicht ohne gewisse Ironie.

Habe er, fragte sie – und die Frage war schon gestellt, noch ehe sie sie unterdrücken konnte – seine Karriere als Romanschriftsteller ausgebaut?

Was! unterbrach Andrews, er sei ein Schriftsteller neben all seinen anderen Betätigungen? Sie wolle doch wohl nicht sagen, er *schriebe*?

Christopher protestierte; er nahm Abstand, wehrte die Behauptung mit beiden Händen ab – seine Jugendsünde, sagte er – seine einzige Jugendsünde; und wie bemerkenswert, daß eine charmante Dame aus Hollywood über seine größte Unbesonnenheit Bescheid wüßte.

Sie erinnere sich sehr gut – *The Key in the Rusty Lock*; sie habe den Roman während ihres ersten Besuchs in England mit dem größten Vergnügen gelesen; sie habe ihn eigentlich nie vergessen können.

»Man könne nie wissen«, sagte er und schaffte noch einmal diese distanzierte, dekorative Verbeugung.

Und als Andrews ihre Aufmerksamkeit forderte, versuchte sie seinen Entschuldigungen zuzuhören – ihm sei, sagte er, und dabei flüsterte er vertraulich, Percys Verfassung gar nicht klar gewesen. Er habe ihn nie zu ihr führen sollen; er habe ihn sofort nach Hause bringen sollen. Er habe von der schönen Madame Bridget gehört – und dafür danke er Gott – er danke Gott dafür, daß der Unfall nicht im geringsten ernst sei (wie hatte Bridget es nur *wagen* können, solche Erklärungen abzugeben?) – daß, sobald der Arzt ein paar Stiche gemacht habe – ein paar Arzneien verabreicht habe, niemand mehr beunruhigt sein müsse. Sie könnten sich alle gratulieren. Aber auf der anderen Seite, er fühle sich ihr gegenüber zu tiefgehenden Entschuldigungen verpflichtet ...

»Nein! Mr. Andrews«, erklärte sie ungestüm; sie allein sei verantwortlich für das, was geschehen war. Sie hätte niemals – niemals um alles in der Welt, nach dem Essen, als sie das Restaurant verließen, Percy diese Information geben sollen. Ihr hätte klar sein müssen, in welcher Verfassung er hier erscheinen würde.

Ihr Publikum hatte natürlich alles mitgehört; wieder fand sie sich belagert –

»Die Information –«

»Welche Information?«

»Sie habe mit Percy Jones zu Mittag gegessen?«

Sie würde es ja gestehen. Sie sei fürchterlich dumm gewesen; sie hätte ihm niemals davon erzählen sollen – daß sie zu der Party wollten. Er hätte nichts davon gewußt. Er sei noch nicht einmal eingeladen gewesen. Sie hätten zusammen gegessen – zu dritt. (Würde nichts sie zum Schweigen bringen – könne ihr niemand den Mund verschließen?)

»Sie hätten zusammen gegessen –«
»Welche drei?«
»Drei?«
»Mr. Jones war *nicht* eingeladen?«
»Er *kannte* die Lenny Weeds gar nicht?«
»Könne sie weitererzählen?«
»Sie hätten zusammen zu Mittag gegessen?«
»Ja sicher«, sagte Mr. Andrews, Miss Munroe und Percival Jones und La Belle Dennie hätten alle zusammen im Chambords zu Mittag gegessen.
»Was – im Chambords –«
»Nein! Doch nicht im Chambords?«
»Wie interessant!«
»War er blau, im Chambords?«
»Nein«, sagte sie, »er war vollkommen in Ordnung; er war kein bißchen blau.«

Sie hätten sich nach dem Essen getrennt. Sie sei mit Bridget zur Schneiderin gegangen und genau da, als sie sich trennten, habe sie Percy gesagt, daß sie zusammen hierher kommen würden. Sie hätte ihm das niemals sagen sollen. Niemals, um alles in der Welt; das mit der Cocktailparty und daß sie gemeinsam hierher kämen. Das sei ihr fataler Fehler gewesen. Wenn sie Percy nicht die Adresse gegeben hätte, wäre diese schreckliche, unaussprechliche Katastrophe niemals geschehen. Es sei einzig und allein ihr

Fehler. Der arme Percy – der arme gute Percy könne niemanden sonst verantwortlich machen.

»Der arme Mr. Jones.«

»Er könne einem leid tun.«

»Armer Percival Jones.«

»Und ein so kluger –«

»Ein so brillanter Schriftsteller!«

»Einer der Großen«, sagte Andrews. »Einer der Großen. Und gerade jetzt, wo sein neuer Roman erschiene. Hätten sie davon gehört? Käme in ein oder zwei Tagen heraus – *The Great Romantic* – oder so ähnlich.«

Weiter ging der Alptraum, zauberte die gespenstischen Szenen und Stimmen hervor, die Erscheinungen, zwang sie in die absurdesten Verwicklungen und Geständnisse. Und wenn sie schrie, könne sie dem Träumen nicht ein Ende bereiten? Würde sie nicht erwachen?

Sie blickte um sich. Die Szenen wechselten; die Figuren wurden andere. Dort, auf dem Sofa ausgestreckt, lag Brodansky, ein Taschentuch über dem Gesicht, ein leeres Cocktailglas elegant in der langen schönen Hand; dort war die hübsche Rosa Locke, schlenderte umher, redete mit sich selbst, schnitt entsetzliche Grimassen; und hier, an Freddie Macauliffs Arm, mit fliegenden Röcken, aus vollstem Halse gackernd und sich in ihr Element der Erinnerung auflösend, kam Miss Harriette Howe – und sie wurde, nachdem sie von ihrem Sitz geflogen war und sie zuerst auf die eine, dann auf die andere Wange geküßt hatte, eine Wiese voller Blumen – ein kleines Mädchen – ein Sommernachmittag.

»Milly, mein liebes Kind«, krächzte sie. »Welch eine Schande!«

Sie tat ihr Bestes, um sie zu besänftigen, ihr zu versichern, daß es nichts weiter als ein Unfall gewesen war – daß Mr. Jones Verletzung sich als harmlos herausstellen würde. Sie dürfe sich nicht aufregen. Der Arzt mache ein paar Stiche; er würde ein paar notwendige Arzneien verabreichen.

Als ob sie sich einen Deut für Mr. Jones interessiere! Sorgen mache ihr dieses kleine Mädchen! Tja, und wieder sprach sie den ganzen Raum an – wenn sie sie nur gekannt hätten, als sie klein war – so empfindsam, so voller Gefühl – ganz in der Natur aufgehend – immer so versessen auf die kleinen Dinge.

Der Bienenschwarm wimmelte, die Welt löste sich auf – einer war jeder. Einer war niemand. Und hier waren wir alle zusammen – die Niemands – die Jemands – die Jedermanns. Dort war Geoffrey Bains; dort war Brodansky; dort war Rosa Locke. Und jetzt hier kam, mit dem Vorschlag, ihr tue vielleicht ein Brandy gut – pur, oder vielleicht ein Schluck Whiskey, Freddie Macauliff. »Nein danke, Freddie – keinen Fächer, keine Accessoires.« Sie nahm aus Paula Downs Händen einen frischen Martini (man griff nach dem Glas, man stürzte den Cocktail hinunter – den Schmerz zu lindern, den Hunger zu besänftigen. Und wir waren alle beteiligt. Wir teilten dieselbe Schande – wie Bridget gesagt hatte, nur gemeinsam würden wir aus dem Alptraum erwachen), hörte Miss Harriette weiter von ihrer Kindheit plappern – ihrer Liebe zu den kleinen Dingen – Schmetterlinge flatterten, Vögel sangen, Gänseblümchen schwebten vorüber, und alles näherte sich begleitend dieser wachsenden Angst – diesem steigenden Entsetzen, ihrem Gefühl, daß nichts als schreien helfen könne – schreien, so laut sie konnte, Christopher fragen, was ihn nach Amerika geführt habe.

Er sei im Rahmen der Ausstellung in Flushing gekommen – offenbar eine wichtige Ausstellung – Stoffe – denn er war Experte in Stoffen – Textilien. Er wußte alles, was es über sie zu wissen gab. (Sie glaubte ihn zu sehen, wie er sich Meter um Meter in feinste Stoffe hüllte.) Die neuen Textilien, sagte er, würden atemberaubend sein – wirklich exquisit, jenseits aller Vorstellung, und gewirkt aus den überraschendsten Bestandteilen – Weizen – Glas – Milch; sie entschloß sich zu schreien – entschied, daß jetzt – *jetzt* der Augenblick gekommen sei, sie hörte Miss Harriettes Stimme, schrill bis zu einer marternden Höhe ihres scharfen Verhörs, ob sie nicht als junges Mädchen, kurz nach dem Hinscheiden ihrer Eltern, während sie die Underwoods in England besucht habe, einen höchst wünschenswerten Antrag abgelehnt habe – ein Mann aus bester Familie, in bester Position – Henderson – wenn sie sich nicht irre; ja, sie sei sich sicher, der Name des jungen Mannes sei Henderson gewesen – und sie schrie zurück (warum schrie man sie ständig an? Sie war nicht taub), der Name sei Matthewson gewesen – nicht Henderson – und dann beeilte sie sich, ihr zu erklären, daß Mr. Matthewson sie nie gebeten habe, ihn zu heiraten – nichts in diese Richtung – der junge Mann sei Schriftsteller gewesen – ein reizender Kerl, aber niemals verliebt in sie – alles ein Hirngespinst von Claire und Hal Underwood.

Und dann plötzlich, als Wellen sich brachen, Möwen ihre Kreise drehten, schrien, öffnete sich eine Tür – schloß sich, und sie sah ein Dienstmädchen in pflaumenfarbener Uniform quer durch den Raum gehen.

Sie kam direkt auf sie zu; sie war da. Sie war an ihrer Seite.

Sie berührte ihre Schulter.

Sei sie Miss Munroe?

Ja, die sei sie.

Würde sie in das große Schlafzimmer kommen? Mrs. Weed wünsche sie zu sprechen. Sie wünsche Mr. Prentice Price zu sprechen – Madame St. Dennis.

ELF

Dort stand Marcia Weed im Türrahmen, direkt am Ende des Ganges, der aus dem Wohnzimmer führte. Millicent sah sie so, als stünde sie am Ende mehrerer, zurückweichender Gänge und als wiche sie mit ihnen zurück, während sich die einzelnen Menschengruppen zurückzogen und Bridget mit dem jungen Price aus der sie umgebenden Menge hervortrat. Sie kamen auf sie zu, als sie den Raum durchschritt.

Bridget hatte ihre Hand auf der Schulter des jungen Mannes. »Reiß dich zusammen, guter Junge«, sagte sie, denn sein Gesicht war aschfahl und hatte einen wilden, beinahe hysterischen Ausdruck von Angst.

Und obwohl Marcia Weed mit den Gängen zurückzuweichen schien, dort an der offenen Tür blieb sie stehen. Sie gab ihnen verstohlen und heimlich ein Zeichen – wie eine Verschwörerin, dachte Millicent – genau wie eine Verschwörerin.

Alle drei betraten das Schlafzimmer. Marcia schloß die Tür hinter sich.

Millicent sah sich schnell um. Der alptraumhafte Anblick Percys, für den sie allen Mut zusammengenommen hatte, war aus ihrem Traum verschwunden. Das Bett war leer. Kissen und Decken waren blutgetränkt, die Matratze zeigte noch, wo er gelegen hatte. Aber Percy war weg. Der Arzt war weg. Lenny Weed war weg.

Sie sah Marcia Weed auf einen Stuhl sinken.

»Aber wo«, kreischte der junge Price, »wo«, kreischte er hysterisch, »ist Percival Jones?«

»Wo«, fragte Bridget, »ist der Arzt; wo ist Mr. Weed?«

Marcia gab einen Stoßseufzer von sich. Sie warf die Arme in einer erklärenden Geste vor. »Meine Lieben«, keuchte sie, »meine Lieben –«

Bridget versuchte, den jungen Price zu stützen.

»Um Himmels willen«, rief er, »um Himmels willen, Mrs. Weed –«

»Dieser teuflische kleine Mann – dieser teuflische kleine Mann«, jammerte sie.

»Um Himmels willen, Mrs. Weed –«

»Aber was sei geschehen!?«

»Wo sei er?«

»Wo hatte er Percy hingebracht?«

»Sagen Sie die Wahrheit –«

Er habe ihnen allen nicht einen solchen Schrecken einjagen müssen, jammerte sie und brach ganz zusammen – schluchzte hemmungslos. Er habe es einfach nur gemacht, um teuflisch zu sein. Es sei die entsetzlichste Stunde ihres ganzen Lebens gewesen – bis ans Ende ihrer Tage würde sie das nicht vergessen – denn bis zum allerletzten Moment habe dieser kleine Mann dafür gesorgt, daß sie das Schlimmste befürchten mußten.

Alle Saiten dieses unheimlichen Nevenorchesters schienen plötzlich zu reißen. Das makabre Scherzo war beendet. Die Spannung war aufgehoben. Millicent sah den jungen Price bis ans Ende des Zimmers taumeln, sich schwer gegen die Wand lehnen; sie sah Bridget sich bekreuzigen. Sie sank auf der Bettkante nieder, dankbar betend: »Gott sei Dank dafür, Gott sei Dank dafür«, unfähig, ein Wort zu sagen oder Marcias gebrochener Deklamation und den eifrigen Fragen, die von Bridget und dem jungen Mann kamen, zuzuhören.

»Aber wo habe der Arzt ihn hingebracht?«

»Wo sei er hingegangen?«

»Er habe ihn nirgendwo hingebracht; er sei nach Hause gegangen.«

»Wer sei nach Hause gegangen?«

»Percy?«

»Der Arzt?«

»Sie seien beide nach Hause gegangen.«

»Mein Gott, Mrs. Weed.« Der Junge verließ seinen Platz an der Wand und stellte sich neben sie, während er aus vollstem Halse schrie – »Mein Gott!« Wolle sie damit sagen, daß Percival Jones, praktisch ein hoffnungsloser Fall, aus diesem Bett aufgestanden sei und auf eigenen Füßen dieses Zimmer verlassen habe?

Genau das habe er getan; Lenny habe ihm natürlich ein bißchen geholfen. Er habe ihm ein Taxi besorgt. Er habe ihn nach Hause begleitet; aber er sei aufgestanden – er habe dieses Zimmer verlassen, und zwar auf eigenen Füßen.

»Also, er wolle verdammt sein; er wolle Gott noch mal verdammt sein.«

»Aber wieso habe der Arzt seine Einwilligung gegeben?«

»Was habe der Arzt *gesagt*?«

»Wie habe er es erklärt?«

»Es ergebe keinen Sinn.«

Reden sei nicht seine Sache gewesen. Nachdem er mit seinen Untersuchungen fertig gewesen sei, habe er sich umgesehen; er sei ins Badezimmer gegangen, um sich die Hände zu waschen; er sei zurückgekommen; er habe seinen Koffer gepackt; dann sei er zum Schreibtisch gegangen und habe seine Rechnung geschrieben. Er habe seinen Hut genommen. »Wenn Mr. Jones weitere Behandlung wünsche, könne er einen anderen Arzt rufen.« Er würde einen Psychiater vorschlagen, oder noch besser, »einen Diener Gottes«; was seine Arbeit an Mr. Jones betreffe, er könne dafür bürgen; die Stirn würde heilen; wenn er neue Verbände brauche, müsse er zu jemand anderem gehen. »Guten Abend.« Das sei alles gewesen. Mehr habe er nicht gesagt. Sie habe noch keinen Blick auf die Rechnung geworfen; wahrscheinlich lachhaft.

»Aber wir wissen nicht einmal die Hälfte.«

»Was habe er mit Percy angestellt?«

»Wie habe er ihn da rausgeholt?«

»Könne sie ihnen nicht sagen, was geschehen war?«

Unmöglich, sagte sie, könne sie ihnen eine Vorstellung von dem geben, was geschehen war. Sie sei so wütend auf diesen unmöglichen kleinen Mann – so fix und fertig nach dem Ganzen. Also, sie könnten sich nicht vorstellen, wie Lenny und sie unter ihm gelitten hätten. Er habe eine teuflische Freude daran gehabt, sie zu quälen – nicht ein Wort, um ihre Angst zu mildern. Man müsse dabeigewesen sein, um es glauben zu können. Und jede seiner Bewegungen so bedächtig – Hände waschen, Instrumente bereit legen, Gummihandschuhe anziehen, arbeiten in diesem entsetzlichen wütenden Schweigen. Er habe dies gebraucht, jenes gebraucht – dabei, sie müsse es zugeben – habe er erstaunliche Geschicklichkeit an den Tag gelegt, wie er das Blut gestillt, diese vorsichtigen meisterhaften Stiche gemacht habe – seine widerlich riechenden Arzneien verabreicht und wirklich wieder einen Menschen aus Percy Jones gemacht habe, der schon tot ausgesehen habe, und die ganze Zeit über diese schlechte Laune – diese moralische Entrüstung, die niemand freiwillig ertrüge; also, ihr und Lenny hätte er das Gefühl gegeben, als seien sie selbst die Mörder des armen Kerls. Und dann auf einmal und vollkommen unerwartet habe Percy das Auge, das nicht verbunden war, geöffnet – sei wieder da gewesen, habe sie mit dem einen Auge angestarrt.

»Aber was dann?«

»Was dann geschehen sei?«

»Was er gesagt habe?«

Er habe sehr wenig gesagt. Er habe mit dem einen Auge im Zimmer umhergeblickt. Er habe wissen wollen, wo zum Teufel er sei. »Sie sind betrunken, Mr. Jones«, habe der mürrische kleine Mann gesagt; nichts weiter. Dann, genauso, wie sie schon gesagt habe, sei er ins Badezimmer gegangen, habe sich die Hände gewaschen, seinen Koffer gepackt, seine Rechnung ausgestellt, seinen Koffer genommen, das Zimmer verlassen. Es sei das Furchtbarste, das sie je erlebt habe.

Aber, bettelte Bridget, könne sie ihnen nicht mehr von Percy berichten? Glaube sie, er könne sich an das, was geschehen war, erinnern? Machte er einen gequälten Eindruck? Was glaube sie, habe sich in ihm abgespielt?

Das, sagte Marcia, wisse sie nicht.

Natürlich, überlegte Millicent, wie sollte Marcia Weed das auch wissen. Sie aber spürte jede Schattierung und Nuance von Percys Elend – was allein mußte er empfunden haben, als er in diesem fremden Bett wach geworden war und sich mit diesem einen Auge umgeblickt hatte – die Bruchstücke seiner Erinnerungen zusammengesetzt hatte, Stück für Stück, eins furchtbarer als das andere – wie er sie in seiner blinden Wut geschlagen hatte, zweimal ins Gesicht, und dann dieser Schlag von Bridget, und der junge Price blitzschnell an seiner Seite, der ihn zu Boden gestreckt, bewußtlos geschlagen hatte – all diese brutalen, unerträglich brutalen Einzelheiten, die seinen Kummer überschwemmten, der ihn sowieso schon niederdrückte – seine Leidenschaft für Bridget, seine Bestürzung angesichts des Schicksals der kleinen Beatrice, sein Gefühl der Enttäuschung und seine dumpfe Wut gegen sein Schicksal. Oh, sie fühlte es. Da saß sie und durchlitt jede Nuance.

In der Zwischenzeit hatte sich die klägliche Stimmung

in dem Zimmer verändert. Bridget und der junge Price unterhielten sich lustig und scherzend – tauschten Komplimente. Sie schienen leichten Herzens zu sein. Die Farbe war in das Gesicht des jungen Mannes zurückgekehrt; er hatte seine Fassung wiedergewonnen. Die Tragik hatte ihn mit ihren Schwingen gestreift; sie war fortgeflogen.

Es schien, als habe sich jeder glänzend verhalten – wirklich, genau angemessen; es herrschte eine Art übersprudelnder Laune – während man alles noch einmal durchsprach. Der junge Price hob sie in den Himmel; zur Bestätigung seiner Geschichte wandte er sich an Millicent. War sie nicht wunderbar gewesen? War sie nicht einmalig gewesen? Nicht mit der Wimper gezuckt, keine Miene verzogen, wie ein edles Schiff im Sturm hindurchgesegelt.

Sie entschloß sich, sofort zu Percy zu fahren, denn ihn in seiner Wohnung allein zu lassen war undenkbar – allein mit seinen Erinnerungen und seinem Elend. Wieviel Alkohol, fragte sie sich, hatte er zu Hause? Und würde er sich erneut bis zur Bewußtlosigkeit betrinken? Oder würde er sich entschließen, seinem ganzen Elend ein Ende zu bereiten? Möglich war es – alles war möglich. Ja, sagte sie, Bridget sei wunderbar. Nicht für einen Moment habe sie geglaubt, sie könne Angst gehabt haben.

Sie versuchte aufzustehen; aber es schien, als sei sie gelähmt. Wenn sie nur zu ihm könnte, rechtzeitig, eins wußte sie genau. Nie wieder würde sie sich die Frage stellen. Sie sah alles glasklar. Sie würde Percy heiraten. Selbst wenn sie ein wenig nachhelfen müßte, sie würde ihn auf der Stelle heiraten. Sie war bereit, ihre restlichen Tage seiner Rettung zu widmen. Nichts sonst war von Bedeutung. Niemand außer ihr konnte ihm helfen. Er brauchte sie. Und wenn sie die ganze Nacht bei ihm bleiben müßte, um ihn davon zu überzeugen, sie war bereit. Nur das allein war ihr jetzt wichtig. Es war ihr sehnlichster Wunsch, ihr Leben in den Dienst seiner Rettung zu stellen.

Sei alles, fragte sie Bridget, nur Bluff – die Sache so auf die leichte Schulter zu nehmen? Wie hatte sie sich wirklich gefühlt?

Sie müsse gestehen; sie sei wie versteinert gewesen – vor Angst mehr tot als lebendig. Aber dann habe sich etwas ihrer bemächtigt – reine Waghalsigkeit. Und als sie gesehen habe, wie heiter all diese Menschen gewesen seien, habe sie sich entschlossen, ihnen ihren kleinen Mord zu rauben – ihnen allen den kleinen Mord wegzureißen. Und es sei erstaunlich, wie sie, kaum daß sie sich auf sie eingelassen habe, langsam selbst an ihre Behauptungen geglaubt habe – dem Unglück so gegenüberzutreten; aber als das kleine Dienstmädchen gekommen sei und sie geholt habe, sei ihr klar geworden, wie sicher sie geglaubt hatte, Percy sei ein hoffnungsloser Fall.

»Nicht mit der Wimper gezuckt – keine Miene verzogen«, wiederholte der junge Price. »Sie hat einfach das Melodramatische fortgespült – wie ein edles Schiff im Sturm hindurchgesegelt. Und wie sie dem Arzt mutig gegenüber getreten sei – als er sie hinauskatapultiert hatte – wie eine Königin.«

Jeder habe den kleinen Mann durchschaut, sagte sie. Trotzdem, etwas an Percy – wie er auf dem Bett gelegen hatte und die Wunde so nah an der Schläfe und alles; und dieses starke Bluten. Es habe schon gräßlich ausgesehen.

»Gräßlich wie der Tod – gräßlich wie ein Mord – gräßlich wie lebenslänglich eingesperrt sein«, sagte der junge Price und machte dabei seinen Arm lang, um an das Stück Papier auf dem Schreibtisch zu gelangen; er verkündete fröhlich, er schlage vor, als erster einen Blick auf dieses kleine Dokument werfen zu wollen, machte seinen Arm aus Marcias Umklammerung los – und Marcia griff, langte gleichzeitig danach.

Sich immer wieder sagend, sie dürfe keinen Augenblick verlieren, sie müsse diesem Geplapper und dieser Oberflächlichkeit ein Ende setzen, sie müsse sofort zu Percy, denn einen Moment länger warten hieße schlicht Unglück heraufbeschwören, beobachtete Millicent ungeduldig das kleine Handgemenge.

»Wie der Täter des Verbrechens«, sagte der junge Mann und steckte flink die Rechnung ein.

Sie stand auf. Linkisch, hastig streckte sie die Hand aus. Sie müsse sich verabschieden. Es sei sehr spät.

Aber dann ließ sie ihre Hand plötzlich sinken; sie stolperte rückwärts, denn hier platzte Lenny herein, aufgeräumt – laut, ein Spiegel der allgemeinen Heiterkeit.

Er habe Percival Jones bei dem Liftboy abgeliefert. Er sei in Ordnung – vollkommen in Ordnung. Der Liftboy habe ihn nach oben gebracht; er habe ihm ein Trinkgeld gegeben; er habe ihn seiner Obhut überlassen – habe ihn fünf Dollar gekostet. Nicht das geringste, um sich Sorgen zu machen. Sie könnten sich darauf verlassen, Percy Jones sei vollkommen in Ordnung.

»Aber sei sich Lenny wirklich sicher?«

»Sei er wirklich allein aus dem Taxi gestiegen?«

»Sei er zum Lift *gegangen*?«

»Was hatte er gesagt?«

»Habe er sich irgendwie entschuldigt?«

»Wie schrecklich er sich gefühlt haben mußte!«

»Wirklich, Lenny«, insistierte Marcia, »was hatte Percival Jones *gesagt*?«

Sie hatten über unwesentliche Dinge geredet. Ehrlich gesagt, er glaube nicht, wenn sie seine Meinung hören wollten, daß Jones sich an irgend etwas erinnern könne. Er sei plötzlich erstarrt. Sein Kopf sei ein einziges unbeschriebenes Blatt. Sei auch gut so. Man stelle sich nur die Demütigung des armen Mannes vor.

Und jetzt trinken wir eine Runde, schlug er vor, »He, wie? Wollten sie nicht alle mit ins Nebenzimmer kommen und eine Runde trinken?«

Er streckte die Arme aus, als wolle er Bridget hochheben und mit sich fort tragen. Was hielte sie davon, die Nacht durchzumachen? Der Abend sei noch jung.

»Ja«, bettelte Marcia, »warum machen wir nicht wirklich die Nacht durch?«

Der Gedanke, daß dies die Party war, die alle anderen Parties übertraf, und daß noch viel Spaß herauszuholen war, hatte sich so in Lennys Kopf festgesetzt, daß er sie am liebsten wie zu einer Prozession hätte antreten lassen. »Komm«, befahl er und drängte Bridget, gewaltsam ihren Arm ergreifend.

Aber zu Millicents unaussprechlicher Erleichterung machte sich Bridget los. Oh nein, bat sie, sie müßten sie beide entschuldigen. Sie müsse zum Essen mit diesem »armen Jungen«, und wieder legte sie ihre Hand auf seine Schulter. Und seht sie euch nur an, rief sie aus, seht euch Millicent Munroe nur an. Seht euch unsere Kleider an. Sie sei es diesem armen jungen Mann schuldig, sich umzuziehen, bevor er sie zum Essen ausführe. Und es werde wirklich sehr spät für alle, denn sie wisse, daß Millicent nach Percy Jones sehen wolle, nur um sicher zu sein, daß sie ihn nicht umgebracht hatten.

Und so befreite sie sie von jeder weiteren Anstrengung fortzukommen, und sie redete so, als wisse sie genau Bescheid, wie dringend sie sich fortwünschte. Bridget wandte sich an Millicent und bat sie inständig, mit ihnen zu kommen: Sie würden sie bei Percys Wohnung, die genau auf ihrem Weg lag, aussteigen lassen.

Frei, endlich frei, um zu Percy zu gehen! Murmelte sie den ganzen Weg aus der Wohnung vor sich hin – den ganzen Weg zur Straße hinunter.

ZWÖLF

Während sie neben ihr saß, mit dem jungen Price plauderte und, wie sie das beide zu tun schienen, nur die Oberfläche ihrer Gedanken in dem Gespräch, das sie führten, berührte, von einer Sache zur nächsten huschte und teilnahm an der Verzauberung und Wonne des jungen Mannes, die der einfachen Tatsache zuzuschreiben war, daß er dabeisein durfte, in ihrer lieblichen Gegenwart, wurde sich Millicent mit einem Mal der einzigartigen Gemeinschaft bewußt, die sich zwischen ihr und Bridget entwickelt hatte, denn jede von ihnen beiden schien, begünstigt durch eine gewisse Gnade des Augenblicks, genau zu wissen, was die andere dachte und fühlte und fragte. Gestützt auf eine Reihe sehr feinfühlig mitgeteilter Schwingungen, um jede Nuance ihrer Fragen und Antworten einander zu vermitteln, war jede in der Lage, sehr sanft, sehr vorsichtig der anderen zu sagen, daß sie sich so – weit besser, als wären sie auf den Umweg der Sprache angewiesen – diesen Abend, aufgrund irgendeines Wunders aufeinander eingestimmter Nerven, auf das Ereignis vorbereitet, durch weiß Gott welche frühere Musik und Schwingung, für ein paar kurze Augenblicke die heimlichen Regungen ihrer Gedanken teilen könnten.

Das Taxi bog in die Fifth Avenue ein, fuhr zügig am Park entlang. Bridget hob ihr Gesicht dem Himmel entgegen – die Aussicht, der Atem junger grüner Blätter, der Duft und die Frische plötzlich um sie her, und sie rief aus. »Ah, seht! New York!« Mit seinen vielen kleinen Lichtern und den vielen kleinen Fenstern und den funkelnden Türmen – wirklich, oft war es einfach so, sagte sie, daß es sich selbst übertraf. Wenn es darum ging, etwas anderes zu sein, als es war, etwas aus Traum und Phantasie – eine Illusion zu erschaffen – dann sei Venedig unübertroffen.

Und plötzlich wandte sie dem jungen Price ihre Aufmerksamkeit zu. Woran erinnere es ihn; woran, jetzt in diesem Augenblick, lasse es ihn denken?

Vollkommen hingerissen, zufrieden, neben ihr sitzen zu dürfen, zu hören, zu schauen; und verwirrt, fürchterlich verlegen, daß er aufgefordert war, aus diesen Fäden der Phantasie, die sie ihm darreichte, ein unabhängiges Muster zu weben, sagte er ganz schlicht, er wisse es nicht; er müsse gestehen – er wisse es wirklich nicht.

Sie legte ihre Hand auf Millicents, und eine schmerzliche Zärtlichkeit und Reue regte und rührte sich in ihren Herzen, als sie erkannten, daß sie sich in wenigen Minuten ein endgültiges auf Wiedersehen sagen würden. Es würde keine Treffen mehr geben, keine Mittagessen und keine Abendessen und keine Telefongespräche, denn schweigend waren sie übereingekommen, daß es das beste wäre – wenn man alles berücksichtigte und Percys Elendssituation betrachtete, den Kummer, den Bridget ihm brachte, daß der junge

Price jetzt die Rolle bei der Rettung ihres Kindes spielen würde, die er so verzweifelt gerne selbst gespielt hätte –, ihre Freundschaft für immer zu beenden; wenn man dann noch bedachte, daß der arme Percy sich ja von seinem Schmerz erholen sollte und Millicent gelobt hatte, ihm in seiner Krise beizustehen, dann war dies die Zeit, das kleine Kapitel ihrer Freundschaft zu beenden – auf Wiedersehen zu sagen, getrennte Wege zu gehen.

Es erinnere sie, sagte sie, und sie entwickelte den Gedanken bis ins einzelne und wählte sorgsam und bewußt ihre Worte, die Modulation ihrer Stimme, um den jungen Mann noch fester zu umgarnen (denn die Zeit, schien sie anzudeuten, war kurz, und jeder Augenblick mußte so sinnvoll wie möglich genutzt werden) – es erinnere sie an eine Seifenblase, die in einem unvorstellbaren Traum aus den Fenstern einer Stadt fliege; denn sieh – alles Spiegelung, alles kleine Bilder, eins leicht über dem anderen schwebend; sieh die himmlischen Farben, die Lichter, die Fenster, die Paläste in der Luft, die kleine Wolke – jener erste helle Stern – alles unkörperlich, bereit zu verdunsten – sich aufzulösen. Natürlich fühle sie sich in allem mit hinwegschwinden, und wenn man die kleinen Bilder suche, fände man bestimmt das Taxi und sie drei, mit Gold angehaucht und Opal und Amethyst und Bernstein – Topas, Chrysopras, hier hörte sie auf und schenkte dem jungen Mann ein Lächeln, das aber in Wirklichkeit nur ein armseliger Rest ihrer Aufmerksamkeit war, denn in erster Linie teilte sie Millicent mit, sie brauche sich ihretwegen nicht zu sorgen.

Was sie im Wesentlichen sagte, war, hüte dich vor Mitleid – es tötet das Herz, es führt am Ende dazu, daß man bei sich selbst Wache hält; und was sie angehe, daß Millicent sich um sie sorge, war mehr als lächerlich, sorge sie selbst sich doch nie um sich; sie lebe im lebendigen Augenblick – sie lebe auf der Flucht, mache an keiner Verästelung oder Verzweigung halt, um wehmütig auf die hinter ihr liegende Wegstrecke zurückzublicken; sie habe ihre Regeln; sie hielte sich an sie; zögere nie, entscheide dich blitzschnell, bereue nichts. Und ob sie diesen armen Jungen heiraten wolle? Na ja – das könne sie noch nicht sagen – alles hänge von heute abend ab, und zu welchen Schlußfolgerungen ihre Pläne mit ihm führten, müsse aufgrund verschiedener heikler und nicht ganz vorauszusehender Ungewißheiten entschieden werden – sie müsse sich durch das Labyrinth hindurcharbeiten, während sie die Fäden spannte; aber es sei wahrscheinlich – es schien ihr sogar mehr als wahrscheinlich, daß es darauf hinausliefe; und mit dem Jungen an ihrer Seite – wenn der junge Mann und sein Bankkonto ihr tatsächlich zur Verfügung stünden, dort in Wien, mit all diesen grausigen Hindernissen, die überwunden werden müßten – glaube sie gute Karten zu haben; und um ihn dorthin so schnell wie möglich zu bekommen, glaube sie, werde sie ihn heiraten; denn natürlich sei alles, worauf es wirklich ankäme, die kleine Beatrice, und Zeit sei elementar wichtig. ... Blitze zuckten am Himmel; und ob sie es schafften, den Ozean zu überqueren, bevor der Sturm über ihnen losbrach, sei in der Tat fraglich.

Und dann an den jungen Price gewandt, wie um den glatten Fluß ihres geheimen Dialogs zu demonstrieren, und noch während ihre Kommunikation auf vollen Touren lief, fragte sie ihn, ob er sich schon überlegt habe, wo sie essen wollten. Wo meine er, lieber Junge, sollten sie zu Abend essen? Vielleicht habe Millicent einen Vorschlag.

Ah, schrie der junge Mann, das habe er entschieden. Er brauche keine Vorschläge, er habe sich genau fürs Richtige entschieden.

Würde es ruhig sein? Würden sie in Ruhe essen können? Kein Tanz, keine Saxophone – keine Nachtclubvorstellung? Und die richtige Speisekarte, denn auch wenn sie die Kleidung gewechselt haben würde und alle Flecken ihres kürzlichen Mordes ausgewaschen sein würden, es wäre nicht leicht für sie, sich einen Appetit zuzulegen. Sie brauche etwas Leichtes zu essen – eine diskrete und ruhige, eine intime Umgebung.

Er versicherte leidenschaftlich, alle diese Dinge berücksichtigt zu haben; er habe die richtige Wahl getroffen.

Lieber Junge, sagte sie, wie umsichtig er gewesen sei. Sie würde sich, für diesen Abend, einfach seiner Obhut anvertrauen. Und sie zog ihre Hand aus Millicents und legte sie wieder auf die Schulter des jungen Mannes. Es tue manchmal gut, sich beschützt zu fühlen.

Indem sie darüber nachdachte, wie ungeschützt sie war, wie kühn sie diese gefahrenreiche Rettung in die Wege leitete, indem sie sie sich verheiratet mit dem Jungen vorstellte (ihn zu heiraten – also das war unangemessen, einfach unangemessen), betrachtete Millicent das schöne blasse Profil, getrimmt auf den Ausdruck von Ernst und Würde, selbst noch dann, während sie heiter daherplapperte, und dieses unheimliche Gefühl, daß sie mit ihr einen intimen und heimlichen Dialog führe, verstärkte sich.

Würde sie zehn Mal raten dürfen, fragte sie ihn, und wenn sie es gleich beim ersten Mal erriete – zehn Dollar, wenn beim zweiten, neun Dollar – und so weiter, bis zum letzten Mal?

Tausend Dollar fürs erste Mal – neunhundert fürs zweite, und so weiter. Bis zum letzten, sie würde es nie erraten.

Restaurant Chambord, auf der Third Avenue, zwischen der 49th und 50th Street, sagte sie.

Er war wie vom Blitz getroffen. Wie könne sie das wissen? Wie zum Teufel könne sie das wissen? Nie habe er gedacht, daß sie das Restaurant kennen würde.

Ihre Wahl – ihr Restaurant.

Sie würde, versicherte sie Millicent, mühelos mit dem jungen Mann fertig werden, und wenn sich die Ehe als notwendiger Bestandteil des Plans herausstellen sollte, wäre das das letzte, um das sie sich sorgen müsse. Schließlich, und zum gegenwärtigen Zeitpunkt, sei eine Sache nicht wichtiger als die andere. Sei ein Ehemann einem anderen vorzuziehen? Und Millicent dürfe nicht ihr wahnsinniges Glück vergessen, daß sie dem jungen Mann und seinen vielen Millionen über den Weg gelaufen sei, und obwohl sie ganz darauf eingestellt sei, alles auf die Rettung ihres Kindes zu setzen, keiner von ihnen beiden könne sie vergessen – all die schönen Städte, die unter den Wolken warteten; und die Wolken waren voller Blitze und Millionen schußbereiter Pfeile. Denn wer könne es leugnen, die Zivilisation hinge in der Schwebe und keiner der Schwellen, die man überschritt, sei zu trauen. Man schreite von einer zur nächsten und hoffe, auf der richtigen Seite der einstürzenden Balken zu sein; und wenn sie wie Lots Frau aus den brennenden Städten fliehe, ihre kleine Mißgeburt in den Armen, sie habe nicht vor, sich umzublicken. Sie wolle immer geradeaus. Hitler hatte das Sudetenland besetzt; er hatte Österreich besetzt; in Spanien hatten sie ihre furchtbare Generalprobe zum besten gegeben – all die Waffen, zur Luft, zu Land und zur See, hielten sich bereit; und wenn es ihr gelingen sollte, den brennenden Städten zu entfliehen, die vielen Schwellen zu überschreiten und nach Amerika zurückzukehren, es sei nur eine Frage des Abwartens. Denn selbst hier, waren die Tragebalken – die eisernen Städte – die Fenster und die Türme und die Paläste gegen Unglück versichert?

Wir seien alle gemeinsam dabei – alle beteiligt; und der kleine Alptraum, den sie gerade hinter sich gebracht hätten, den sie so fröhlich verlassen hätten, sei nur ein weiteres Symptom der allgemeinen Zersetzung.

Jetzt warteten sie an der 61st Street, die grünen Lichter blitzten die ganze Fifth Avenue hinunter, und das Sherry Netherlands, Pierre's, das Plaza wie punktiert mit Licht – der große Wohnblock und die vielen Hotels südlich davon so wunderschön unwirklich, als verschönerten und umrahmten sie nach dem Plan eines himmlischen Goldschmiedes mit dieser unfaßbaren Entfaltung seiner strahlenden luftigen Kunstfertigkeit das Bild; und das milde Zwielicht versank in milder Dämmerung – und der Park breitete um sie, umhüllte sie mit einem mächtigen Gefühl von Frühling, von aufplatzenden Knospen und flatternden Blüten und unsteten schwindenden Emotionen, die von Tränen bedroht bebten.

Sie fragte nach dem Namen des Sherry Netherlands.

Der junge Price sagte ihn ihr.

Oh ja, natürlich, sagte sie – manchmal vergäße sie – sie gebe ihnen selbst erfundene Namen.

Welchen hatte sie ihm gegeben?

Trinket.

Trinket? Warum Trinket?

Wegen der lächerlichen kleinen Verzierung oben, so trivial – irrelevant – wie etwas, das man an einer Kette tragen könne. Aber sie wolle heute abend nicht daran herumnörgeln; sie wolle an nichts herumnörgeln. Alles sei Verzauberung – Schönheit – und der erste Stern wie eine Blume am Himmel – die ganze Szene so vergänglich – so unwirklich.

Die Lichter der Ampeln wechselten – das Taxi, wie ein Greyhound, der von seiner Leine gelassen wird, schoß davon; vorbei an General Sherman, dem Plaza, hinein in den Canyon der Fifth Avenue.

Der Trennungsschmerz in ihrem Herzen wurde größer, denn er war geladen mit so intensivem Gefühl – mit so viel Ahnung, Zärtlichkeit; und wieder spürte sie den leichten

Druck von Bridgets Hand auf ihrer und wußte sofort, daß ihr intuitives Wissen arbeitete – daß es ihr Inneres durchforschte, daß sie sich leicht, gekonnt durch ihren Kummer, ihre Sorgen, ihre gewohnheitsmäßigen Absurditäten bewegte, vor und zurück ging – daß, alles in allem, Bridget sich, und zwar über die geheimsten Angelegenheiten, informiert hatte und daß sie ihr ein wenig freundlich – scherzend, als wolle sie es halb hinweglachen – Mitgefühl, Verständnis anbot und sie diskret fragte, warum sie alles so sehr ernst nehmen müsse. Aber da sie das nun einmal tat, da alles so ernst nehmen das war, was sie ständig und ausdauernd tat, könne es vielleicht nicht so sein, daß dies etwas war, das ihre Psyche ihr aufdrängte – eine besondere Forderung, die ihre Psyche ihr ständig aufdrängte? Und wenn es sich tatsächlich so verhalten sollte, wäre es nicht die reinste Torheit, wenn sie versuchte, entkommen zu wollen? Denn schließlich bedeutete es so etwas wie eine freiwillige Verzichtserklärung, wenn man einem solchen Geheiß nicht die Treue hielt.

Nimm jetzt, schien sie anzudeuten, uns beide – denn zweifellos näherte sie sich jetzt der heiklen Frage nach Millicents Unfähigkeit, die Netze zu spinnen, die Elixiere zu destillieren (und dabei wand sie unerbittlich die Ketten und Fesseln ihres gefährlichen Charmes um den jungen Mann an ihrer Seite) – wenn ihre Unterschiede, um es milde auszudrücken, erschreckend seien, sei es dann nicht möglich, daß es so etwas wie ein gewisses Schicksal gebe, das ihnen gemeinsam sei – daß nämlich keine von beiden, wenn man so wolle, sich selbst helfen könne? Sie zum Beispiel, wenn sie auch immer fortführe, ihre Talente zu praktizieren, ja wenn sie eine Kunst daraus machte, sich immer mehr vervollkommnete mit ihrer raschen Leichtigkeit, ihrer Art, das Leben im Fluge zu nehmen, es, wie sie sich ausdrückte, mit ihren Argusaugen zu prüfen, aber um dann ihre Entdeckungen loszulassen, sich an nichts festzuhalten – mit der Schnelligkeit eines Vogels von einer Sache zur nächsten eilen und, wenn sie so immer weitermache, so war sie doch immer genausowenig in der Lage, sich selbst zu helfen, wie ihre arme liebe Großmutter vor ihr gewesen war, könne es nicht sein, daß sie beide, wenn sie es so ausdrücken dürfe, Opfer dieses inneren Geheißes seien?

Und um noch ein wenig tiefer in das Thema einzudringen, fragte sie, ob sie ihm peinlich genau die Treue gehalten habe. Hatte sie nicht gekämpft, protestiert, versucht, allerdings ohne Überzeugung, ihm zu widersprechen? Und sich deshalb – und so oft – in einer fragwürdigen Beziehung zu dieser und jener Situation gefunden? Die Psyche sei äußerst gewitzt und, wenn man sie um die geforderte Treue bringe, fähig zu den erstaunlichsten Aufständen – Ausbrüchen.

Natürlich sei Millicents Lage unendlich schwieriger als ihre eigene, da es sich bei Millicent um eine Frage der Abstinenz handele – Sublimation, Wahl; und in ihrem eigenen Fall, ermöglicht durch eine glückliche Verteilung der Gaben, sei es für sie immer unnötig gewesen, sich um so etwas wie eine Wahl zu sorgen – es sei in der Tat unnötig gewesen, mehr zu tun, als einfach nur zu existieren, in ihrem schönen Selbst, von einem feurigen Zweig zum nächsten feurigen Ast zu flattern – ihr Lied zu singen, die Augen offenzuhalten. Und die arme Millicent, ewig hungrig – auf der Suche nach Vollkommenheit, und nach jeder Enttäuschung der Hunger um so grimmiger, das Wunschbild um so dringlicher auf dieses Erlangen des Vollkommenen gerichtet – der Schönheit, und irgendwie gebe sie dieses Ziel nie auf, hielte es, auch wenn die Erfahrung wenig Grund lieferte, für erreichbar.

Und sie berührte all diese verworrenen, privaten und schwierigen Fragen mit solcher Leichtigkeit und doch gleichzeitig so erstaunlicher Einsicht, und bevor sie auseinandergingen, wolle sie ihr sagen – als eine, die verantwortlich gewesen sei für dieses seltsame und entsetzliche Absterben und Verwelken, dieses plötzliche feurige Knospen, daß sie in ihr wie in einem offenen Buch gelesen habe. Und dann ereignete sich ein Moment wahren Wunders, als habe sie ihre kleinen Ahnungen zusammengerufen, sie zu einem Kranz miteinander verflochten – ihr zurückgegeben – denn es gab buchstäblich nichts, das ihr entging (und sogar in dieser Geschichte mit Christopher Henderson war es wahrscheinlich, daß sie alles wußte – »Nein, nicht Henderson, Miss Harriette – der Name war Matthewson«), als sie erwähnte, fast nebenbei, aber mit dieser unheimlichen Autorität, die ihr eigen war, daß es gewisse Seelen gebe, die ihr Blühen in der Flamme fänden, und andere (pirella, arbutus, pipsissewa, hepatica), die dafür vorgesehen seien, nur im Schatten zu blühen.

Und glaube sie wirklich, sie wolle Percy Jones heiraten? Zweifellos käme sie zu ihm in der Absicht, ihm alles zu geben, das sie habe, ihm sogar ihre Einsamkeit zu opfern, ihr Alleinsein – ihre Unversehrtheit; denn ihr Mitleid mit ihm sei mehr, als sie weiterhin ertragen könne – und wenn sie ihm helfen könne, wenn sie ihm irgendwie helfen könne, die Fassung wiederzufinden. Aber glaube sie im Ernst, sie könne mehr für ihn tun, als ihn wieder zusammenzuflicken? Glaube sie, sie könne einen gesunden, einen heilen, ganzen Mann aus Percival Jones machen?

Mit welchem Eifer er seine Wunden hätschele. Er wolle nicht, daß sie heilten. Gerade aus seinem Kranksein, aus seinen Wunden hole er alle wesentlichen Elemente, die in seinen Büchern zu finden seien. Sieh dir die Mädchen an – denk an die Traummädchen, die unwirklichen Frauen in Percys Romanen. Glaube sie, sie könne seine unstillbare Gier kurieren, diese Mädchen, diese Phantasiegebilde – Konstruktionen seines Geistes – mit sich durch alle Bars, Bistros zu schleppen – in Restaurants und Cocktaillounges ihretwegen zu weinen – sich selbst in den Zustand höchster Sensibilität zu trinken?

Denn die besondere Faszination in Percys Büchern liege darin, daß sie das Äquivalent zu einem halben Dutzend trockener Martinis darstellten – zuwege gebracht mit seinem Gefühl, seiner Empfindsamkeit, eher als mit seinen tieferen Schichten – diese und jene kleine Skizze – und das ganze zerfallende Universum aus Bars, Cocktaillounges, Kneipen, Bistros, Kellerlokalen, das er in den Tiefen seiner Seele fürchte und verzweifelt bejammere, das aber nichtsdestoweniger eine absolute Notwendigkeit für ihn und für seine Kunst geworden sei, sei der vertraute, äußerst fein empfundene Hintergrund und schmückende Zusatz für die Traummädchen, die unwirklichen Frauen.

Das sei Percys Krankheit, das dürfe sie nicht vergessen, und gleichzeitig der Stoff, aus dem er seine Bücher schneide – darunter liege gewiß jenes großzügige, einfache, äußerst romantische und sanfte Herz, das Millicent, wie sie genau wisse, so sehr betrübe – das Herz, das sie heilen und zusammensetzen wolle. Aber glaube sie im Ernst, daß sie dazu in der Lage sei? Und natürlich seien das hier nur Gedankenanstöße – flüchtige Gedanken, schnell formuliert – die ihr durch den Kopf gingen – wenn sie an sie beide denke – an sie und den armen Percy – fragend, spekulierend. Und was glaube Millicent – was würde sie antworten?

Sie warteten jetzt am Madison Square, mit diesen vielen Steinmetzarbeiten der Lebensversicherung zu ihrer Linken – Mutual, New York Life, Metropolitan Tower, alles leicht glitzernd und flimmernd hinter dem sanften Blattwerk der Bäume, und direkt vor ihnen das Flatiron Gebäude, das nach oben strebte im Verkehr an der Kreuzung der beiden Avenues, wie ein Schiff zwischen den Bussen und Autos.

Woran erinnere es ihn, fragte sie.

An ein Bügeleisen, sagte er ergeben.

Oh nein! Nicht daran – es sei eine Nike – eine wunderschöne Nike.

Eine was? fragte der junge Mann.

Der geflügelte Sieg.

Genau! Welch wunderschöne Vorstellung!

Der Sieg von Samothrake, verbesserte sie und kehrte zu der Frage des Speiseplans zurück, denn sie waren in eine lebhafte Diskussion verwickelt über das, was sie bestellen wollten.

Was sollten sie zum Nachtisch essen?

Wolle sie Zabaglione – sehr leicht und köstlich.

Aber es sei italienisch. Fiele ihm denn nichts Französisches ein?

Vielleicht Crêpes Suzettes?

Oh nein – bitte nicht. Auf keinen Fall Crêpes Suzettes.

Ah, jetzt habe er's; jetzt sei ihm genau das richtige eingefallen. Er würde es sich als Überraschung aufbewahren.

Wieviel, wenn sie es erraten könne?

Hundert Dollar. Sie dürfe zehn Mal raten und für jedes Mal einhundert.

Reispudding? Erdbeeren in Wein?

Sie kreuzten jetzt die 14th Street. Sie bogen in die 13th – sie waren an ihrem Ziel angekommen.

Twelve West Thirteen, sagte sie – Südseite der Straße. Sie sah um sich – hier also wohnte Percy. Welch merkwürdige Umgebung – zwischen so vielen Lagerhäusern.

In New York gebe es viele lustige Orte, sagte der junge Price.

Aber so schön, wenn man ankomme. Sei sie nie hier gewesen? Millicent beugte sich zu ihr, um auf Wiedersehen zu sagen.

Nein, nie, nicht ein Mal. Sie küßte sie erst auf die eine Wange, dann auf die andere, schnell wie ein Vogel. »Auf Wiedersehen, Millicent«, sagte sie, »sei gut zu dir – bemitleide die Menschen nicht so sehr.«

Millicent küßte sie und wandte sich eilig um, damit sie nicht sah, daß sie Tränen in den Augen hatte, stieg aus und sagte ihr ein gleichgültiges auf Wiedersehen.

Das Taxi fuhr fort. Bridget winkte; sie blies ihr einen Kuß zu. Sie wandte sich dem jungen Mann zu.

Millicent sah, wie sie ihn entführte, und fragte sich, zu welchem Einsatz sie sich in diesem verzweifelten Spiel mit ihrer beider Schicksal entscheiden würde.

»Auf Wiedersehen«, sagte sie, »meine Liebe – meine Liebe«; und sie stand dort auf dem Gehweg und wiederholte diese Worte immer wieder, bis das Taxi in die Sixth Avenue einbog und nicht mehr zu sehen war.

DREIZEHN

Sei Mr. Jones gekommen, fragte sie den farbigen Jungen, der sie im Aufzug nach oben brachte.

»Ja, Ma'am, jaa – er ist gekom.«

»Sei Mr. Jones gegangen?«

»Nein – Ma'am – nein; er ist hier.«

»Er habe nicht geläutet; er habe nicht um irgend etwas gebeten?«

»Nein, Ma'am, nein.«

Was immer er sich denken mochte angesichts Percys Zustand und ihrer geisterhaften Erscheinung, er schien fest entschlossen, es für sich zu behalten. Diese Farbigen, wie gleichmütig sie doch waren.

»Habe er den Eindruck gemacht, daß alles in Ordnung mit ihm sei?«

»Ja, Ma'am; er hatte einen Verband um den Kopf.«

Ganz unbekümmert ließ er sie im siebten Stock heraus; fuhr jedoch nicht, wie sie bemerkte, wieder hinunter – stand da in seinem Stahlkäfig und starrte sie durch das Gitterwerk hindurch an, während sie den Ring aus der Tasche holte und den passenden Schlüssel suchte.

Sie steckte ihn ins Schloß, drehte ihn und ging in die Wohnung.

Knie und Hände zitterten stark. Langsam, so leise wie möglich, schloß sie die Tür hinter sich.

Wovor hatte sie Angst?

Die Wohnung roch nach Formaldehyd – dieser schreckliche Gestank, der schon im Schlafzimmer bei den Lenny Weeds gewesen war. Dort hatte sie ihn kaum bemerkt. Hier überwältigte er sie. Es war etwas, soweit sie wußte, das man Alkoholikern gab. Aber was bewirkte es im allgemeinen bei ihnen? Weckte es sie auf – erregte sie, oder machte es sie schläfrig? In welcher Verfassung würde sie Percy vorfinden? Warum, fragte sie sich, war sie gekommen?

Sie wartete einen Moment und versuchte, ihre Nerven zu beruhigen. Sie machte ein paar tiefe Atemzüge. Wovor hatte sie Angst?

Schließlich schlich sie auf Zehenspitzen ins Wohnzimmer, wo sie ihn vermutlich finden würde, sich einen Martini mixend, oder wieder betrunken, eine leere Flasche neben sich. Das Licht war aus, und das Zimmer hatte etwas Gespenstisches, alle Rollos hoch und das Empire State Building tot vor ihr, wie ein riesengroßer Leuchtturm des Himmels mit diesen fahlen roten und blauen und purpurnen Lichtern, die den Turm markierten. Sie stand da und starrte. Schließlich drehte sie sich um, suchte im Zimmer. Nichts deutete darauf hin, daß Percy hier gewesen war. Nur diese schweigende, neonbeleuchtete Geisterhaftigkeit – die großen Bücherregale, das vertraute Mobiliar – die übliche Unordnung. In diesem Sideboard zwischen den Fenstern hatte Percy seinen Alkohol stehen. Es war geschlossen; sie sah keine Gläser, keinen Cocktailshaker – keine Flaschen.

So weit, so gut. Aber warum hatte sie Angst, in das nächste Zimmer zu gehen, warum schlug ihr Herz so schnell, zitterten ihre Knie noch immer? Sicher, sie hatte einiges mitgemacht in den letzten paar Stunden.

Sie rief. »Percy, bist du da? Ich bin's – Millicent. Darf ich reinkommen?«

Keine Antwort. Das Empire State hielt sie weiter in seinem Bann. Zuzeiten hatte es etwas Monströses – beleuchtet mit diesen fahlen Lichtern – Drohendes. War es, fragte sie sich, das höchste Gebäude der Welt? Und würden wohl jemals höhere gebaut werden?

Warum blieb sie hier starrend stehen? Konnte sie sich nicht ein Herz fassen und in Percys Schlafzimmer gehen?

Sie rief noch einmal.

Keine Antwort.

Ihren ganzen Mut zusammennehmend (und es war wenig. Stell dir vor, Bridget würde so zögern), kehrte sie dem Empire State den Rücken und ging auf den Flur. Hier blieb sie stehen, denn schon wieder hatte sie ihr Mut verlassen.

Stell dir vor – sein Zimmer wäre leer. Es war möglich. Wirklich möglich. Aber nein. Sie würde nicht zulassen, daß solche krankhaften Ängste sie überwältigten.

»Percy«, rief sie, »ich bin's – Millicent.«

Und da er keine Antwort gab, ging sie hinein. Das Licht war aus, und von draußen kam weniger Helligkeit herein. Mehrere Minuten lang wagte sie weder das Licht anzumachen noch in die Richtung des Bettes zu sehen. Sie wagte sich kaum zu rühren, aber als sie schließlich Percys tiefe Atemzüge vernahm, und jeder Atemzug von kleinen Grunz- und Schnarchlauten begleitet, streckte sie die Hand aus und knipste das Licht an.

Da lag er, ähnlich, wie sie ihn auf dem Bett bei den Lenny Weeds hatte liegen sehen, nur daß die Wunde nicht mehr blutete und der Verband, der sein halbes Gesicht verdeckte, einen sauberen, professionellen Eindruck machte und er nicht mehr mit diesem schrecklichen totenähnlichen Ausdruck dalag, der sie zuvor alle so entsetzt hatte.

Sollte sie ihn wecken? Sollte sie ihn seinen Rausch ausschlafen lassen?

Sie sprach ihn an, aber sehr leise, als erwarte sie nicht wirklich, daß er ihr antworten würde. »Percy, ich bin's, Millicent. Ich wollte nur wissen, wie es dir geht. Alles in Ordnung, Percy?«

Sollte sie ihn schütteln? Sollte sie ihn wecken? Sollte sie ihn vielleicht allein lassen und gehen, ohne daß er je mitbekommen hätte, daß sie da gewesen war? Sie beruhigte sich selbst. Er war sicher – schlief offensichtlich in aller Seelenruhe seinen Rausch aus.

Aber dann – stell dir vor, er wacht ganz allein auf, erinnert sich an jene entsetzlichen Momente – wie er sie in Gegenwart all der Leute geschlagen hatte; und Bridget es ihm heimgezahlt hatte; und der junge Price ihn zu Boden gestreckt hatte. Würde er sich erinnern? Oder würde das ganze widerliche, gewalttätige Drama für immer in seinem

Unbewußten begraben sein, wie Lenny Weed ihnen versichert hatte? Sie hoffte, ja. Sie hoffte inbrünstig, ja.

Und als sie eine große Welle des Mitleids, der Zärtlichkeit überkam (bemitleide niemanden zu sehr; das war im wesentlichen Bridgets endgültiges Geheiß), entschloß sie sich zu warten. Denn sie konnte nicht, nein – sie konnte sich das einfach nicht vorstellen, ihn hier allein zu lassen – so daß er aufwachte und mit seinen Erinnerungen allein wäre.

Sie würde sich auf diesen Stuhl am Fenster setzen. Und vielleicht würde ihn das Licht, das sie angelassen hatte, das ihm direkt in die Augen schien, wecken. Die Aussicht von hier aus war angenehm – niedrige Häuser, die Hinterhöfe der 12th Street, und diese Götterbäume. Wie oft hatte sie an diesem Platz gesessen; und welch tiefe Zuneigung man für Götterbäume entwickelte – so tropisch, farnähnlich; und zu dieser Jahreszeit, mit diesem leicht unangenehmen Geruch. Sie spürte Wehmut – diese klebrigen, knospenden Zweige. Nach heute abend, wann immer sie ihren Geruch verspürte, wären da auch Bridget, die kleine Beatrice – Europa. Wie das Leben um Klänge, Gerüche seine Assoziationen ansammelte!

Der Zauber jener seltsamen Gemeinschaft lag noch auf ihr, Bridget, die ihre Gedanken mit einer derartigen Schnelligkeit durchdrungen hatte, daß es unmöglich gewesen war, die zarten Fäden zu entwirren (welche gehörten zu ihr, welche gehörten zu Bridget?), die in dem Taxi neben ihr gesessen hatte – sie gefragt hatte, würde sie Percy heiraten, die die ganze ungewöhnliche Situation vollkommen schweigend, mit derartiger Klarsicht – derartiger Emphase zusammengefaßt hatte mit der Frage, würde sie ihn heiraten; denn es schien, als habe Bridget besser als sie selbst gewußt, daß die Frage, trotz ihrer sicheren Überzeugung bei den Lenny Weeds, im Grunde ihres Herzens nicht entschieden war.

Würde sie, würde sie nicht?

Im Augenblick schien er auf absonderliche Art und Weise Rettung zu brauchen. Armer, unglücklicher Percy. War seine Krankheit unheilbar, wie Bridget es nahegelegt hatte? Liebte er sie so leidenschaftlich, wie sie angedeutet hatte? Wollte er mit aller Macht daran festhalten, war er unter allen Umständen entschlossen (wo ihm das Unmögliche verwehrt war – die kleine Beatrice zu retten), sich zu Tode zu trinken? Und als ihre Augen auf diese Fotografie fielen, die auf der Kommode in ihrer Ledereinfassung stand, gegen den Spiegel gelehnt zwischen dem Durcheinander aus Büchern und Papieren – Zigaretten, Krawatten, Pfeifen, weiß Gott was sonst noch allem, streckte sie die Hand danach aus; sie nahm sie auf und betrachtete sie eingehend.

Welch feines Gesicht, und wie ehrlich Percys vollwangige, lächelnde Mutter, gekleidet in ihr weites Baumwollkleid mit Schürze, offensichtlich soeben aus ihrer Küche kommend und jetzt ein paar Hühner aus ihrem Garten scheuchend, im Hintergrund der Fotografie ein Silo und die Ecke einer großen Scheune, und die Blumen, die Küchentür, die hintere Veranda und die oberen Fenster des schmucklosen Holzhauses im Vordergrund, all das zu erkennen gab, was sie zu jener Zeit gewesen sein mußte, eine tatkräftige, hart arbeitende, glückliche junge Frau. Und gewiß war das Faszinierende an ihr (das Foto war ein vergrößerter Schnappschuß, vor vielen Jahren aufgenommen) ihre verblüffende Ähnlichkeit mit Percy; denn obwohl sich in diesem Gesicht keine Spur dieses verdrehten, gequälten, schwelenden Lebens, das einem immer bewußt war, wenn man ihn ansah, finden ließ, so waren doch der Knochenbau, die breite Stirn, die vollen Wangen, die tiefliegenden Augen gleich; und noch etwas – dieser Ausdruck angeborener Großzügigkeit, Güte, der bei Percy, wenn auch überschrieben, unterlegt mit Nervosität, Unglücklichsein, Umhergetriebensein, seinem ständigen in Opposition und Konflikt mit sich selbst Sein, doch irgendwie, und zwar auf erschütternde Weise, noch immer durchschien.

Armer Percy! Wie weit war er fortgereist von diesem bestimmten Bereich und Teil seines Heimatlandes, den schlichten, freundlichen Menschen, den Silos, den Scheunen, den schmucklosen Holzhäusern, den Getreidespeichern neben den Eisenbahnschienen – jenen Horizonten, Feldern, Meilen über Meilen kultivierter Flächen – wo der Mais im warmen Dunst der Sommertage dem Himmel entgegen wehte, den Regen aus den Wolken trank, das Sonnenlicht aufsaugte, aus dem Rauschen der grünen Halme und reifenden Körner was für Pfeile eines intensiven, starken Lebens abschoß.

Und jetzt trank er seine Martinis in all den Bars, schlürfte er seine Aperitifs in all den Bistros, erlebte die Dinge rauh, grob, fühlte sie sanft, empfindsam, prüfte die Wahrnehmungen mit einem so großen Appetit, wanderte durch die Städte zwischen den Hügeln, streifte durch die europäischen Häfen – betrachtete die Silhouetten, skizzierte die Gesten, lauschte, schmeckte, kostete, hörte die Melodien, die Stimmen im Rundfunk, Sprachen, Straßenschreie, nahm Proben von den Gerüchen, Kastanien, die in ihren Pfannen rösteten, Rauch, der im Wind trieb, die leichten Düfte von Knoblauch und Weinhefe – schmeckte den Essig, die Kräuter, den Salat, schlürfte die Weine, betrachtete das Sonnenlicht im Weinglas und die Schatten der Weinblätter auf der Tischdecke, auf den bröckelnden Mauern – dachte daran, aus seiner Leidenschaft für all diese Dinge einen authentischen Atem, einen Hauch der alten Welt, den alten, klassischen Bräuchen herauszuspüren, und alles verfangen und verwickelt in den Schlingen verwirrter Wahrnehmungen und Gefühle – und er wies etwas von sich, das von sich zu weisen er nicht reif war, leugnete eine Quelle und ein Gut in sich selbst – fabrizierte seine Romanzen, klammerte sich zäh an seine Träume. Denn war nicht das ganze ausgeklügelte Gewebe und Gemisch seiner Emotionen aus seinem Zorn, Protest, seiner Empörung gegenüber Amerika gewirkt, das seine Seele den Apparaten verkauft hatte, der mechanisierten, massenproduzierten Existenz – das Stadtleben haßte er so sehr, die häßlichen Häuser, die Frühstücksecken und gefliesten Badezimmer, mit buntem Toilettenpapier – rosa, blau und lila, passend zu den Handtüchern, die Kewpie-Puppen mit Schwanendaunen-Petticoats, und Whistler's Mother und Mona Lisa und September Morn, alles reproduziert und angeordnet nach dem Prinzip dekorativen Wertes, die Frauenmagazine, die Ratgeber, die Reklame, der Handlungsreisende, der für ein paar Groschen günstige Gelegenheiten anbot, ein Auto, einen elektrischen Kühlschrank, eine Waschmaschine, einen Staubsauger zu besitzen – die Encyclopedia Britannica, Präsident Eliots langes Bücherregal?

Wie wir alle uns an unseren Wurzeln ausrissen, wie wir unser Erbe an Brauchtum, Regeln, Erinnerungen von uns wiesen und wegwarfen – und wie das Leben zu einem beinahe gleichzeitigen Prozeß geworden war – Leugnung und Zustimmung, Ergreifen, Fassen, Annehmen, Wegwerfen – all die Bücher lesen, all die Filme sehen, all die Musik hören wollen – alle Kults, Trends, Vorurteile mitmachen – durch den Tumult der Jahrzehnte hindurchgehen, zulassen, daß sie in unserem Herzen vibrieren, den Verstand in diese und jene Richtung zerren, und unser Hunger, den Abweisungen und Vermählungen nähren, unser Idealismus, den unser gesteigerter Skeptizismus stärkt, und ein Ding hebt das andere auf, bis das Innerste, das Zentrum unseres Herzens (der Ruhepol inmitten eines Whirlpools) von einem Schuldgefühl gequält wird. Schuld an all dem Verrat, den Abweisungen, die, obwohl wir erkennen, daß sie uns hin und wieder abverlangten, zu wählen, uns hin und wieder abverlangten, ehrlich zu sein (standen wir doch, wie wir wußten, am Rand einer wahnsinnigen Schwelle, die zu übertreten wer schon die Kraft haben würde?), immer mehr Platz in unseren Herzen beanspruchte.

Denn, wie Bridget heute nachmittag gesagt hatte, alles war ein einziger Alptraum, und niemand würde aus ihm erwachen, es sei denn, wir erwachten gemeinsam.

Aber warum hatte Percy jetzt mit diesem heiseren Grunzen und Schnarchen aufgehört? Er schien unbeschwert zu atmen – wie ein Kind. Und bedeutete das vielleicht, daß er gleich aufwache, oder eher, daß er in einen tieferen Schlaf sank? Sie wußte es nicht. Es bestünde vielleicht sogar die Möglichkeit, dachte sie, daß er wach war, dort lag und genau wußte, daß sie im Zimmer war, aber keine Lust hatte, sich der Sache zu stellen – zu gekränkt, gedemütigt – elend.

»Percy«, sagte sie, »bist du wach? Ich bin's, Millicent.«

Keine Antwort, und so weit sie sehen konnte, kein Zucken in seinem Gesicht, das anzeigte, er versuche sie zu täuschen – läge dort und tue so, als ob er schliefe. Sie nahm sich erneut die Fotografie vor.

Mit welch triumphierender Geste, wie von jemandem, der genau das ausführt, was er am liebsten tut, Mrs. Jones die Hühner aus den Dahlien scheuchte, aus den Astern, dem Goldball; als sie für einen Augenblick hinausgetreten war, um den Sonnenschein zu genießen, den Geruch des Herbstwetters – dieses Bewußtsein ihrer eigenen Domäne, das helle Licht auf ihrer Schürze, auf ihrem Gesicht, ihren Händen; denn gewiß war diese ganze Vitalität, diese Freigebigkeit, was Freude und Großzügigkeit und Freundlichkeit anging, genährt worden von einer tiefen Quelle der Liebe und Zärtlichkeit, vom Stolz auf eine schöne erwidernde Liebe, auf Abhängigkeiten, die darauf setzten, daß sie ihn aufs Leben vorbereite – ihn in den Osten zur Schule schickte, zum College und so weiter.

Und so wenig in seinem heutigen Leben, das sie teilen könnte – weniger, das sie gerne genauer würde wissen wollen. Natürlich gab es die pflichteifrigen Briefe, im Grunde ohne Bedeutung, ohne Wahrheit, die er mit solcher Regelmäßigkeit schrieb, und seine gelegentlichen Besuche, die beide erkennen ließen, wenn sie im Stillen mit sich selbst zu Rate gingen, daß etwas, von dem sie beide abhängig waren, wie man von einem notwendigen Glied abhängig ist, ohne das man jedoch, wenn es amputiert ist, irgendwie weiter leben muß, ganz aus ihrer Gemeinschaft verschwunden war. Man mochte sich kaum vorstellen, wie verstümmelt, beschädigt sie ihre alte Abhängigkeit gesehen haben mußten – wenn sie zusammenwaren, oder wie sie diese unbehaglichen bedrückenden Tage seiner kurzen Besuche nach Missouri verbracht hatten. Denn wie konnte sie ihn verstehen, sich einen Begriff machen von diesem endlosen Hunger, der sein unentschiedenes Herz umstrickte, der riskanten Gratwanderung zwischen seinem Leben auf der einen und seinem Schreiben auf der anderen Seite, die er beschritt, von diesem Hunger, der mit solchen subtilen Fesseln sein Empfinden und seine Schlichtheit umstrickte, die Dinge, die er verschmähte, und die, denen er die Treue hielt, und alles so gefährlich durchwoben von feinsten Fädchen aus Ersatz, Tagtraum, Fiktion – sein Versuch, sich aus den verworrenen Netzen zu befreien, die die Welt, in der er lebte, so emsig um seine großzügige, weitherzige und im Grunde schlichte Natur gesponnen hatte? Und wenn er unter ihrem sanften Diktat gewohnheitsmäßige Abhängigkeiten entwickelt hatte, brauchte er es doch, dem Interesse, der Liebe von jemandem vertrauen zu können, dem Glauben an ihn, um genügend Selbstvertrauen zu finden, alles durchzustehen, wie doppelt schmerzlich mußte die Entdeckung in ihrer Gegenwart gewesen sein, und während sie ihre liebenden Hände mit dieser großen, dieser vertrauten Geste, die ihm alles zu geben versprach, nach ihm ausstreckte, als er sich die bittere Tatsache eingestehen mußte, daß es nichts gab – absolut nichts, das sie ihm würde bieten können.

Sie war, erkannte sie, während sie dieses kräftige, erwartungsvolle, glückliche Gesicht betrachtete, ein Ersatz geworden – eine Art zweite, nie gebrauchte Besetzung für die Hauptrolle, sie, die sie so viel über sein Leben wußte und in seinem literarischen und emotionalen Bezugssystem lebte, ihm so lange ihre mehr als bereite Zuneigung angeboten und immer darauf gewartet hatte, er möge sich ihr zuwenden – damit sie ihn zusammenflicken, ihn wieder ganz machen könne. Sie stellte das Foto zurück, lehnte es vorsichtig gegen den Spiegel. Wie selbstsicher es die Unordnung zu beherrschen schien, als liege in der Tatsache, daß Percy es hier stehen hatte, zwischen den Büchern, den Papieren,

Pfeifen, Schlüsseln – dem ganzen Kleinkram aus allen Taschen, weiß der Himmel welch weiteren Zeugen seines vernachlässigten Zustandes, eine besondere Beredtsamkeit.

Denn bestand nicht der große Zwiespalt zwischen Liebe und Glauben – dem Hunger im Herzen von Mrs. Jones, und dem unstillbaren, dem rastlosen endlosen Hunger in unseren Herzen heute, gerade durch jenen verursacht – darin, daß wir, und zwar ohne daß wir den Mut aufbrächten, es zuzugeben, den Glauben verloren hatten, jemand könne uns mit Liebe über alle Schwierigkeiten hinweghelfen? In der Zwischenzeit bettelten wir überall, baten, flehten. Niemand zu einem Opfer bereit – Kapitulation; einzeln, einzigartig – unwillig, auch nur einen Deut oder ein Jota unserer Einzigartigkeit, Individualität aufzugeben; jeder für sich selbst – immer mehr Wasser auf die satanische Mühle, flehende Bitten an jeden Pilger der bitteren Straße: »Sieh her, hier bin ich – ich; sieh mich an, hör mir zu; gib mir ein Zeichen, irgend etwas – alles ist recht, nur irgend etwas. Bestätige mich«, und wir stehen da, deutlich sichtbar, splitternackt, in unserem eigenen Glorienschein – die ausgestreckten Hände leer, die erhobene Stimme verhallend, voller Angst, der Tod könne uns einholen, bevor alle Gaben verteilt sind.

Aber nur gemeinsam würden wir aus dem Alptraum erwachen – die persönliche Legende zerstört, unpersönlich – anonym. Sie wiederholte die Worte; sie schienen ihr große Beruhigung zu schenken, als stelle sich durch ständiges Wiederholen – »unpersönlich, anonym« ein Gefühl für die Bedeutung der Worte ein – Anonymität – Liebe in einer großen allgemeinen Zirkulation, genährt aus unzähligen lebendigen Quellen – und sie saß da allein mit Percy und war auf irgendeine komische Art und Weise davon überzeugt, daß er wach geworden war und sie aus seinem unverbundenen Auge ansah, sie zögerte, wagte nicht, sich umzudrehen und ihn anzusehen.

Denn was gab es, das sie ihm mit Überzeugung sagen könnte? Und mit diesem so starken Gefühl, daß nichts da war, das sie ihm geben könne – absolut nichts, da die kleineren Opfer, die persönlichen Verzichtleistungen als Hilfe nicht mehr galten – wir gemeinsam gefangen waren – allein hindurch mußten, bis wir dann gemeinsam aus dem Alptraum erwachten –, sog sie den Duft jener Götterbäume ein – dachte an Bridget, an den jungen Price, an die kleine Beatrice, fragte sie sich, wann es soweit wäre, daß der Blitz aus den Wolken führe, der Donner an den weiten Horizonten rollte – wandte sie sich zuletzt zu Percy um und sah zu ihrer großen Erleichterung, daß sie sich getäuscht hatte – daß sein eines Augen nicht auf ihr lag, sondern offensichtlich vom Schlaf geschlossen war.

Sie stand auf und ging zum Bett hinüber.

Stellte er sich schlafend?

Das Licht fiel voll auf ihn, und die eine Hälfte seines Gesichts, die nicht von dem Verband bedeckt wurde, zeigte mit keinem Zucken, daß er sie wahrnahm; das schwere Atmen, die kleinen Grunz- und Schnarchlaute hatten wieder eingesetzt. Sie konnte natürlich nicht sicher sein; sie würde es nie genau wissen, aber irgendwie glaubte sie, daß er ihre Anwesenheit ganz genau wahrnahm und daß er nicht wollte, daß sie bliebe.

Das Leben war seltsam – ah, seltsamer als Romane, und welch ein Zerrbild jener romantischen Situationen, mit denen er so häufig seine Bücher beendete, stellte der gegenwärtige Augenblick dar – wenn die schöne Heldin, der Traum, die erträumte Frau gerade dann erschien, wenn alles am Schrecklichsten war, um sich im kritischen Moment dem jungen Mann, so hoffnungslos erledigt, so kurz vor seinem Untergang, so leicht als Percy selbst erkennbar, zu opfern.

Sie beugte sich hinunter und gab ihm einen leichten Kuß, damit er denke, für den Fall, daß er doch wach geworden war, sie hielte ihn für tief und fest schlafend, denn ob ihre Vermutung nun richtig oder falsch war, sie wußte, daß weder er noch sie je darüber sprechen würden – darüber, daß sie heute abend zu ihm gekommen war.

Sie suchte den Lichtschalter; sie knipste das Licht aus und verließ sehr leise, als gebe sie sich Mühe, ihn nicht zu wecken, das Zimmer. Vorsichtig schloß sie die Tür, sie schlich auf Zehenspitzen über den Flur; sie verließ die Wohnung.

VIERZEHN

An der Ecke 13th Street und Fifth Avenue winkte Millicent ein Taxi heran und wollte schon einsteigen, als ihr einfiel, daß sie nicht einen Penny in ihrem Portemonnaie hatte. Diese elende Wasserstoffblondine im Griffin Theatre hatte ihr den letzten Cent abgeknöpft. Sie schickte das Taxi fort. Nein, sagte sie, sie habe sich entschlossen, zu Fuß zu gehen. Der Fahrer fuhr ärgerlich maulend davon, und sie stand da an der Ecke, verwirrt, den Tränen nahe.

Was konnte sie tun? Sollte sie zurückgehen und sich von dem Liftboy in Percys Wohnung zehn Cents leihen? Sollte sie jemanden auf der Straße um ihr Busgeld anbetteln? Ihr blutbeflecktes Kleid und das allgemein verdächtige Bild, das sie bot, ließen sie davor zurückschrecken, die Aufmerksamkeit der Leute auf ihren Zustand zu lenken. Vielleicht, wenn sie zum Washington Square ginge und sich dort auf eine Bank setzte, gelänge es ihr, all ihren Mut zusammenzunehmen und irgend jemanden zu fragen – und, außerdem, es wäre sehr wohltuend, für eine Weile auf ihrem Lieblingsplatz zwischen all den Italienern aus der Sullivan und Bleeker und Thompson Street zu sitzen und die warme Luft zu genießen – den Sommerabend.

Aber anstatt ihre Schritte dorthin zu lenken, anstatt sich zu überlegen, was sie demjenigen sagen wollte, den sie um ihr Fahrgeld anbetteln würde, schien sie immer weiter geradeaus zu gehen – sie hatte bereits die 14th Street überquert – und jetzt blieb ihr offensichtlich nichts weiter übrig, als immer weiter zu gehen, halb wie in Trance, und sich dieser Stimmung, die sie ergriffen hatte, hinzugeben.

Denn sie dachte nicht so sehr an Bridget und die kleine Beatrice und ihre Gefahr (die schönen europäischen Städte, die unter den Wolken warteten), als daß sie sich regelrecht bestürmt fühlte – von ihrer Liebe zu Europa, während sie in der mühelosen Gangart des Sommers die Avenue hinaufging – und sie das europäische Klima förmlich zu spüren glaubte.

Dieser Schmerz, diese Milde, dieser so plötzliche, so süße Luftstrom, der ihr Herz ergriff; denn es gab noch mehr als das rein Ästhetische, die intellektuelle Erwiderung, es gab eine starke physische Empfindung, als sei einem eine süße und schmerzende Wunde in der Nähe des Herzens zugefügt worden – das Alter, die Schönheit, das Zusammenspiel. Das erste Mal diese alten Metropolen sehen, die Städte, die Dörfer – Kirchen und ihre Türme und Kampanile, die Klöster, Paläste, die Gärten, das Glockengeläut, die Wolken, die über einem schwebten, einem leise ans Herz klopften – die Straßen, die Schreie, die alten Sprachen; und dieser friedlich sanfte Anblick der Landschaft – Tal, Fluß, Bergkette, kleine, in Terrassen abgestufte Hügel, die sanft anstiegen und gekrönt wurden durch ihre Burgen und Städtchen, Weinberge, Obstgärten, Gehöfte, jeder Zentimeter der Erde, wohin auch immer das Auge blickte, in Streifen und Quadraten kultiviert; die Bauern, die zur Kirche gehen, auf den Markt, auf den Feldern arbeiten, die großen weißen Ochsen auf den Äckern und kleine Esel mit ihren seitwärts angebundenen Körben auf den Straßen; und dann, sieh, die architektonischen Bäume, die Zypressen, die Platanen, die Pappeln, so gepflanzt, daß sie die Sicht verlängerten, einem Flußlauf folgten, einem Hügel, einer langen geraden Straße und so der Landschaft eine endgültige Eleganz verliehen, ein durchgehendes Muster; und jede einzelne Szene umschlossen, in einen harmonischen Rahmen eingefügt, in sich selbst vollständig wie ein geliebtes und geschätztes Kunstwerk.

Wie konnten Europäer nur diese Reaktion auf all dieses organisch Gewachsene der Jahrhunderte begreifen, auf all diese anmutige, langsam gereifte Schönheit? Wie sie das Herz erfrischte und beruhigte, die Seelen der Menschen, die genährt worden waren von weiten, ungeschützten, unkultivierten Flächen, von Wildnis, von Hast, von irgendeiner dringenden Notwendigkeit, einen großen Kontinent auszubeuten, alles mit schwindelerregender Geschwindigkeit zu erledigen – Straßen bauen und Land roden – die sich kopfüber auf immer neue Ziele stürzten – gigantisch, ohne Grenze oder Form, eher aus der Intuition geboren denn aus dem Herzen, der Erinnerung. Unmöglich, Europäern unsere genauen Gefühle für die älteren, so schönen Länder zu beschreiben – überqueren wir doch ständig unsere eigenen Grenzen und wollen Ziele erreichen, die auf keiner Landkarte eingezeichnet sind, die jenseits des Horizonts liegen, jenseits der Linien von Wasser und Land, und bauen uns direkt dort oben zwischen den Sternen und Wolkenkratzern etwas Eigenes.

Man denke nur an die italienischen Städte, wo man auch nicht für eine Sekunde sein kann, ohne daß Erinnerung, Beschwörung dabei ist. Wie unmittelbar man darauf reagierte. Wie die alten Paläste, Piazzas, Taufkapellen, Kirchen, Kathedralen, ja sogar die Straßen die großen Namen lebendig werden ließen, die Epochen. Wie selbst die *contadini* auf ihren Weinkarren, wenn sie über das Kopfsteinpflaster klapperten, einen mit Erinnerungen an Obstwiesen, Weingärten, Olivenhaine umhüllten – nie konnte man lange in diesen Städten bleiben, ohne an die alten, klassischen Nahrungsmittel zu denken – Brot und Öl und Wein. Und man denke an die weiteren, offeneren Städte – Paris, Wien, Budapest – wie sie einen ergriffen, mit den Empfindungen spielten, geplant, wie sie waren, mit feinsinniger Logik, ihre Monumente, Plätze, Parks, Straßen wie architektonische Gärten angelegt, um den tragischen und unerbittlichen Marsch der Geschichte ins rechte Blickfeld, in die richtige Perspektive zu rücken; und alles zusammen, Monumente, blühende Bäume, Flüsse, Brücken, Wolken, Fahrzeuge, Restaurants, Gehwege, Kinder, Blätter und Schattenplätze drängte sich in die Erinnerung, das lange Wachsen der Jahrhunderte.

Hier aber bewegte man sich in einem Vakuum. Es gab

kein Echo, keinen Widerhall. Sie blieb abrupt stehen und folgte mit den Augen den Fenstern des Empire State Buildings hinauf, Stockwerk für Stockwerk, bis zum Turm auf der oberen Spitze. Es war das größte Gebäude, das je errichtet worden war. Er machte einen zu einem Zwerg. Es war hoch wie ein Berg. Es zählte zu den Weltwundern. Trotzdem kannte sie noch nicht einmal (und wie vielen Menschen, fragte sie sich, ging es anders) den Namen des Architekten. Es erhob sich über einem, unschuldig an Ruhm und Legende. Im Osten, im Westen – die ganze Fifth Avenue entlang, die Madison Avenue, Park, Lexington entlang strebten sie empor, die großen, vergänglichen Gebäude – riesengroß, erstaunlich, wie Pilze über Nacht aus dem Boden geschossen.

Welch eine seltsame, welch eine phantastische Stadt! Trotz alledem, trotz alledem; sie hatte etwas, das man sonst nirgendwo auf der Welt erlebte. Etwas, das man über alle Maßen liebte. Was war es? Die Straßen überqueren – mit den Menschenmassen an den Straßenecken stehen? Was war es, das einem dieses besondere Klima der Empfindung einflößte?

Ah, dort stand ein junger Mann mit einem Strohhut. Wie schön, daß die Strohhüte wieder auftauchten! Und all diese Sommerkleider, die nackten Arme, die freien Hälse, das Licht, das die Gesichter beschien. Sie fühlte etwas wie – wie Intimität, Freundlichkeit, das sie mit all diesen Menschen an diesem Ort verband. Sie streiften einen, wie Motten, wie Blumen an der Wange, sie füllten einem das Herz mit Zärtlichkeit, und man war Teil des großen Fliegens und Flatterns – während man in ihren Gesichtern suchte, Vermutungen über ihr Schicksal anstellte.

Sicherlich hatte Bridget recht gehabt mit ihrer Behauptung, die Amerikaner könnten es sich nicht leisten, sich von dieser jugendlichen, starken und bestimmenden Musik zu verabschieden, die in ihrem Adern lief; und Whitman, der seine überschwenglichen Strophen sang, während er über Brooklyn Bridge ging, ob wir es zur Kenntnis nahmen oder nicht, hinterließ uns einen kostbaren Schatz in unserem Herzen – kleine Themen, Variationen, eine Art unbewußte Volksmusik. Sie brach spontan aus einem hervor – wenn man die Straße überquerte, an den Ecken wartete. Nirgendwo sonst auf der Welt gab es etwas Vergleichbares – dieses Forschen, Fragen in den Gesichtern. Wer bist du? Wohin gehst du? Wo kommst du her? Was ist dein Schicksal? Und niemand wurde in eine Nische gedrängt, es existierten keine Rangordnungen, Hierarchien, jeder zeigte offen seine Neugier – seine Erwartung – und war, für einen Augenblick, draußen im Freien auf seinen kleinen Zwergenfüßchen an diesem seltsamen Ort, zwischen diesen Mauern, diesen Canyons, vielleicht ebensogut wie jeder andere. Und jeder ging mit so stürmischem Schritt irgendwohin.

Aber wohin, überlegte sie und dachte voller Angst an Bridget, die mit ihrer kleinen Mißgeburt in den Armen eine Grenze nach der anderen überschritt, wohin gehen wir? Würde irgend jemand unser Ziel ausmachen können?

Und plötzlich sah sie, wie in einer vergrößerten und unvorstellbaren Vision der Apokalypse all die vielen Fenster, all die vielen kleinen Lichter, die Türme und Terrassen und Wohnhäuser – die Scharen und Schwärme, die Schnitte und Schnittpunkte und Kreuzungspunkte menschlicher Behausungen umkippten, zusammenstürzten, durcheinanderfielen, und alle verkündeten in ihrem Fall das Jüngste Gericht und Vernichtung; und während sie gegen diese entsetzliche Antwort anschrie, aus der tiefsten Tiefe ihres Herzens jene junge und unschuldige und bisher unangefochtene Liebe und Großzügigkeit beschwor, die irgendwie, trotz aller gegenteiliger Beweise, tief verwurzelt in der amerikanischen Psyche liegen mußte, um uns vom Tode zu erlösen – während sie die Ausstellung in Flushing Meadows wieder vor sich sah, die Futurama (gesponsert von General Motors und mit solch naiver Zuversicht Schaubild und Vorausschau dieser Vereinigten Staaten darstellend – Täler und Industrien und Städte und alle Orte im Frieden miteinander, die Brücken spannten sich über die großen Flüsse, die großen Werke vollbrachten Wunder der Elektrifizierung, Flugzeuge folgten ihrer Bestimmung oben am Himmel, und Autos fuhren wie die Heuschrecken kreuz und quer über die Highways), ging sie mit vor Müdigkeit und Erregung und unregelmäßigem Herzschlag zitternden Knien am Rockefeller Centre vorbei, wo die hohe Mittelsäule wie ein Pfeil aufwärts zu den Sternen schoß, vorbei an der Kirche, wo die Tauben, die Köpfe unter den Flügeln, in den Nischen neben den Heiligen und Aposteln schliefen, geradeaus immer weiter, bis sie zu ihrer großen Überraschung merkte, daß sie die 59th Street erreicht hatte.

Sollte sie weiter nach Hause gehen, oder sollte sie die Straße überqueren und sich auf eine der einladenden Bänke setzen, dort am Eingang des Parks? Es war gewiß eine späte, merkwürdige Stunde, um allein draußen auf einer Parkbank zu sitzen, mit ihrem blutbefleckten Kleid und aufgelöst, wie sie war; aber wie sie aussah, kümmerte sie nicht mehr; was sie brauchte, war Ruhe, sich setzen.

Die günstige Gelegenheit der Ampel ausnutzend gelang es ihr, den Platz zu überqueren, und kurz darauf fand sie sich auf einer Bank neben einer heruntergekommenen alten Irin und blickte versonnen auf zu den Zweigen eines jungen Ahornbaums.

Welch vollkommen schöner Anblick, mit diesen zarten goldenen Blättern, Kelchen, Knospen, Blüten, die in der Luft erzitterten, und dahinter der faszinierende, strahlende Himmel; nie zuvor hatte sie etwas so Wunderschönes gesehen. Und dachte sie an Percy oder Bridget; oder dachte sie an Christopher Henderson oder Miss Harriette Howe oder an Mr. Swensen, den dänischen Karikaturisten, oder dachte sie an sich selbst, frisch aus der Werkstatt dieses außergewöhnlichen Tages entlassen?

Sie wußte es nicht. Ihre Gedanken mischten sich mit dem Kommen und Gehen – mit Wind und Blatt und Knospe und Blüte; und sie schien das große Schauspiel des Frühlings an sich vorbeiziehen zu sehen – die Zweige des Obstbaums, die Felsenbirne, den Hartriegel, die Eiche und

Ulme und Buche und Birke und Ahornbäume, Farbe von Blut, Farbe des Rehs, rehfarben, rosenfarben, korallfarben, honigfarben, regenfarben, und alles wurde davongetragen, schwebte über die Hügel, über die Täler, über die Ebenen.

Und wenn sie lange genug in den blauen Himmel hinter den goldenen Ästen blickte, könnte sie sehen, wie die kleinen Sterne, einer nach dem anderen erschienen; und sie leuchteten und leuchteten, einer nach dem anderen; leuchteten und leuchteten und leuchteten.

Isabel Bolton (1883–1975)

Isabel Bolton, d. i. Mary Britton Miller, wurde 1883 in New London, Connecticut, geboren: »Nur fünf Minuten, so will es die Legende, nach meiner Schwester. Diese Teilhabe an eineiiger Zwillingschaft stellt die wertvollste Erfahrung in meinem Leben dar...«

Sie kam aus gutbürgerlichem Haus, besuchte eine Elementarschule und lebte einige Jahre in Europa; seit 1911 war New York ihr ständiger Wohnsitz. Unter dem Namen Miller veröffentlichte sie fünf Gedichtsammlungen und einen Roman für Kinder.

Wach ich oder schlaf ich wurde 1946 erstmals bei Scribner's veröffentlicht; die dreiundsechzigjährige Miller wählte das Pseudonym Isabel Bolton.

Edmund Wilson, der berühmteste amerikanische Literaturkritiker seiner Zeit, feierte die Autorin, verglich sie mit Henry James und Virginia Woolf: »...der Kunstgriff des empfindsamen Beobachters, der im Mittelpunkt der Handlung steht und durch dessen gefiltertes Bewußtsein allein uns die Ereignisse der Geschichte erreichen; eine Stimme, die auf ganz eigene Art und Weise das Lyrische mit dem Sachlichen verbindet, und eine wunderbare Vollkommenheit des Tons aufweist, jede Silbe an ihrem Platz.«

Wilsons Lob war die erste Fanfare für eine Frau, die noch zwei weitere bemerkenswerte Romane veröffentlichen sollte: *The Christmas Tree* (1949) und *Many Mansions* (1952) und 1966 ihre Kindheitserinnerungen unter dem Titel *Under Gemini*.

Nach langer Vergessenheit wurden die drei New York-Romane 1997 in den USA neu entdeckt und veröffentlicht. In *The New York Review* schrieb Gore Vidal: »Wer Boltons drei Romane liest, durchlebt erneut die wesentlichen Momente des amerikanischen halben Jahrhunderts, gesehen aus der Perspektive einer ungewöhnlichen Schriftstellerin, mit ›der glücklichen Insel‹, wie Dawn Powell Manhattan genannt hat, als Ort der Handlung...«.

Isabel Bolton starb 1975 in New York.

Während der gemeinsamen Jugendjahre versorgt die vor Lebendigkeit und Phantasie übersprudelnde Kitty ihre Freundin mit immer neuen, amüsanten Rollenspielen. Die Abhängigkeit, in die Augusta dadurch gerät, schmeichelt Kitty, aber als dann erstmals erwachsene Ansprüche ins Spiel kommen, verliert Kitty den Überblick und damit ihren Einfluß. Augustas vielfältige Versuche, mit Männern zu leben, enden in einer Reihe von Katastrophen. Als sie völlig aus den Gleisen gerät, übernimmt Kitty wieder die Führung – ihrer beider Leben will sie von nun an in die Hand nehmen. Zuerst sucht sie für Augusta einen Ehemann, der die Beziehung der beiden Frauen nicht stört. Dann geht sie einen dramatischen Schritt weiter, und daran droht die Liebe der beiden Frauen schließlich zu zerbrechen.

Helga Hegewisch

Kitty und Augusta
Roman

Eine Atmosphäre voller Phantasie und voller überquellender Gefühle und übersteigerter Ansprüche. Ein Buch über Frauen – aufregend, sinnlich, mitunter erschreckend –, aber natürlich auch für Männer reizvoll. Reizvoll wie der Zauber, den schöne, kluge Frauen ausstrahlen.

Econ | **ULLSTEIN** | List

England 1936: Ein wundervoller Sommernachmittag – perfekt für eine Gartenparty. Die Jordans geben wie jedes Jahr ein großes, elegantes Fest. Alle amüsieren sich prächtig, nur Allie, die jüngste Tochter, versteckt sich lieber in »ihrem« Baum, als sich unter die Gäste zu mischen. Klarer als alle anderen erkennt sie, daß die sommerliche Idylle trügerisch ist. Mußte ihr Vater nicht gerade seine Fabriken schließen? Allie geht das Schicksal der Arbeiter nicht aus dem Kopf. Da stöbert ihr Bruder Richard sie in ihrem Versteck auf und weiht sie in ein dramatisches Geheimnis ein: Noch in derselben Nacht wird er heimlich nach Spanien gehen, um dort im Bürgerkrieg auf der Seite der Rebellen zu kämpfen. Das Leben für die Familie Jordan wird sich von Grund auf ändern ...

Teresa Crane

Die Stunde des Glücks
Roman

Econ | **Ullstein** | List

Als die 17jährige Marty Fish die Mutter ihres Bräutigams, Mrs. Hornstien, kennenlernt, ist sie von der imposanten Erscheinung mit den sommerblauen Augen, dem stolzen Lächeln und der dreireihigen Perlenkette über dem massigen Busen entsetzlich eingeschüchtert. Denn die Frage, die im Raum steht, lautet: Wird Mrs. Hornstien die kleine, unauffällige Marty als Schwiegertochter in spe akzeptieren? Erst als Marty dann tatsächlich mit Albert verheiratet ist, versteht sie, was sich hinter Golda Hornstiens großartigem Auftreten und der unglaublichen Geschichte ihres Lebens – den Anfängen als arme jüdische Emigrantin in Philadelphia, dem Aufstieg zu Millionärsehren, dem Familienleben in der perfekten Umgebung des Palastes am Rittenhouse Square – verbirgt: Die Einsicht, daß das Glück von Ehe und Familie, so groß es sein mag, nicht umsonst zu haben ist. Die beiden Frauen gehen durch einige Höhen und Tiefen, bis schließlich Marty die Verlobung ihres eigenen Sohns feiern kann ...

Fredrica Wagman

Mrs. Hornstien oder Das Glück der Frauen
Roman

»*In diesem Buch geht es turbulenter zu als in so manchem viermal so dicken Buch.*«
Booklist

Econ | **ULLSTEIN** | List

Die junge Roberta Spire ist geschockt: Ihre Eltern haben ihr ein Leben lang verheimlicht, daß sie vom Judentum zum Katholizismus übergetreten sind. Noch mehr berührt die selbstbewußte Frau der Hintergrund dieser Entscheidung: Ihre Eltern waren im Zweiten Weltkrieg aus Deutschland nach Amerika emigriert und nahmen dort eine völlig neue Identität an. Roberta versucht verzweifelt, ihre Eltern zu verstehen, und forscht nach Zeugnissen ähnlicher Schicksale. Auf ihrer Suche lernt sie den Archivar Matthias Lane kennen, und schon bald ist es nicht mehr nur die ihnen gemeinsame Leidenschaft für Bücher, die sie verbindet ...

Ein Fest für alle Freunde von A. S. Byatts Roman *Besessen*

Martha Cooley

Der Archivar

Roman

»*Das außerordentliche Debüt einer Schriftstellerin, die ihr Metier bereits meisterhaft beherrscht.*« Publishers Weekly

Econ | **Ullstein** | List

Wer war diese Frau, die wegen ihrer Schönheit, Klugheit und Weltgewandtheit von so vielen angebetet wurde? Die mit Berühmtheiten wie Gustav Mahler, Walter Gropius und Franz Werfel verheiratet war und durch ihre zahlreichen Liebesaffären Aufsehen erregte?

Berndt W. Wesslings Buch zeichnet detailliert die Stationen im Leben der Alma Mahler nach, von den kleinen Anfängen in Wien über ihre größten Triumphe bis zum New Yorker Exil. Das hinreißende Porträt einer Frau und der Epoche, die sie mitgestaltet hat.

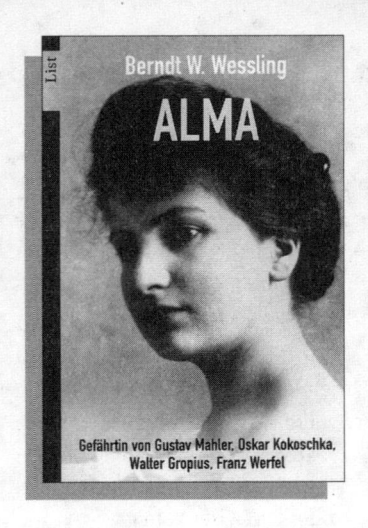

Berndt W. Wessling
Alma
Biographie

Econ | ULLSTEIN | List

Der Geschichtenmacher, das ist Kjells Vater. Wenn dieser sich den weißen Seidenschal umwirft und von wundersamen Abenteuern berichtet, erschafft er eine Welt voll indischer Fakire und märchenhafter Städte. Dann vergißt der kleine Kjell für einen Moment die ärmliche Umgebung im Arbeiterviertel Stockholms. Mit seiner Schwester Eva lebt er in einer Phantasiewelt, in der nichts unmöglich scheint. Doch bald tauchen Risse auf in der Idylle. Der Vater zeigt seine dunklen, brutalen Seiten, und eine Tragödie bahnt sich an ...

»Ein wunderbarer autobiographischer Roman über die Liebe zu den Büchern und die Macht des Erzählens, der in Schweden gleich nach seinem Erscheinen zu einem Bestseller wurde.«
Welt am Sonntag

Kjell Johansson

Der Geschichtenmacher
Roman

Econ | **Ullstein** | List

Als Mala Ramchandin, die man im Dorf eine Hexe nennt, ins Armenhaus von Paradise eingeliefert wird, will sich niemand um sie kümmern. Nur der sanfte Pfleger Tyler, seinerseits ein Außenseiter, nimmt sich ihrer an. Allmählich gewinnt er das Vertrauen der alten Frau. Eines Tages erscheint ein merkwürdiges Paar vor der Pforte des Heims: Zwei Männer, in altmodische schwarze Anzüge gezwängt, verlangen Mala Ramchandin zu sehen und bringen ihr zum allgemeinen Gespött einen verkümmerten Kaktus mit. Tyler aber weiß, daß diese Pflanze einmal im Jahr, unter betäubendem Duft, zu blühen beginnt. Und er erfährt auch, welch große Bedeutung dieser Kaktus für Mala Ramchandins Leben hat. Flüsternd, oft stockend, beginnt sie, die seit vielen Jahren verstummt war, ihm das Geheimnis ihres Lebens zu enthüllen. Eingebettet in die Welt der indischen Landarbeiter auf den Zuckerrohrfeldern, der »regenländischen« Missionare und der sensationshungrigen Bevölkerung des Städtchens Paradise, entsteht so die Geschichte eines Lebens, in dem, ganz wie bei dem nachtblühenden Cereus-Kaktus, Gewalt und Liebe, Schmerz und Glück, Zerstörung und Schönheit nah beieinanderliegen.

Shani Mootoo

Die Nacht der blühenden Kakteen
Roman

Econ | **ULLSTEIN** | List